# 厭世廢文觀止

英雄豪傑競靠腰，
國文課本沒有教。

厭世國文老師——著
J. HO（胖古人）——繪

推薦序

# 關於厭世與溫柔

陳茻

關於一位國文老師的厭世，我只能說是略懂。

國語文教育近幾年面臨巨大變革，牽扯的層面很廣，大至國家認同，小至種種具體而微的教學操作手法，都被仔細翻揀探討，當然更多的是種種質疑。身為一個在體制外遊走，始終不願意踏入體制內教書的教育者，我有更大的空間能夠與諸多質疑者站在一起，甚至率先發起猛烈炮火，批判諸多教育問題。也因著這一點，我始終對體制內老師抱持著敬意與謝意。

教育現場是一個巨大的修羅場，充滿著許多幾乎與文學、美學、哲學無關的問題，種種狗屁倒灶的小事，對一個教師來說全然不能馬虎。說真的，我並不認識這位「厭世國文老師」，雖然早就聽說過他的事，但始終沒有真正看過作品。是啊，作品，那對一個喜愛文學的人來說是如此重要的事，對一個現場的國文教師卻可能是十分奢侈的夢想。身在教學現場，畢竟俗務纏身，能夠騰出時間來寫作並不容易，能夠將教學與研究的熱忱緩慢敲打成一本書，那更是艱難。是以，拿到書稿的時候，我原先對現場國文老師的敬意開始一點一滴落實了，這讓我感到欣喜與痛快。

我必須誠實的說，這本書談及每一篇古文的觀點，都有與我不盡相同之處，有些部分我並不會這樣談，也不會做出一樣的結論。但這並不是說，我認為這樣的分析方式不好，這反而讓我感到十分快樂。從我開始公開發表我對古文的看法以來，我一直期待著這樣的事情發生，我希望有更多人參與這一塊。古文本來就不該被某個標準給框限住，多元的視角與聲音，才能真正讓這些半死不活的老東西活過來。

期待看到多元的看法，是我感到欣喜的原因，但尚未能做爲我眞心推薦這本書的原因。眞正讓我推薦這本書的，是我在厭世國文老師那看似戲謔的文字中，同時看見了一種硬派的切入方式與埋藏著的細膩關懷。所謂硬派的切入方式，指的是書中面對各篇古文潛藏的問題，毫不迴避的抓住痛點砍殺。需要更多說明或解釋時，也能在其他的古代文獻（雖然書中多半是藏起來了）中找到相佐的材料搭配使用。這無疑是教學上的硬工夫結合研究者的眼光所致，若對普及沒有一定決心是難以成就的。而這些切入問題的方式，背後卻埋藏著一種細膩的關懷，很多思路都是親自與學生對話過，切實站在學生的觀點出發才會出現的。

普及並不是一件容易的事，稍有不愼，很可能就會走上某種歌功頌德的老路，這並不是好事。然而，普及背後所反映的問題，是許多研究者共同的焦慮，眞正從古文中得到養分的人，不樂見在大衆的質疑下讓這些古典材料變得一文不値，卻未必能夠找到「好理由」說服他人，甚至說服自己。

我推薦這本書的最後一個原因，是因爲我在書中文字看到一份坦然與從容。我相信每一個厭世者，都依然對世界抱有熱情或期待，如若不然，那只會換得日漸麻木與冷漠的靈魂，對世界是無感的。而能坦然面對自己的厭世，是相當不容易的。

我必須再強調一次我並不認識作者，不認識這位老師，這一切，都是我從文字中逕自作出的解讀與判斷，僅此與每個有緣看到這篇序文的朋友分享。對於這位國文老師的厭世，我恐怕真的只能略懂一二，但我衷心懷抱著敬意，對人與書都是，也十分感謝教育現場能夠有這樣的作品出現，這意味著我們依然握有希望。

二〇一九年初夏於萬川映月書齋

（本文作者爲國文教師）

推薦序

# 厭之極致，愛之至極

楊子漢

能在心儀的作品忝列自己的文字是件幸運的事，更幸運的是，看著這位作者繼續進化，並為他再次寫序。我與厭世國文老師便是如此美好的緣分。猶記上一本《下輩子別當國文老師》合集序文，我曾寫道：「本書不只有深入的涵養，還以大衆能懂的淺近文詞、幽默風趣的口吻作古典新解。」翻覽此本《厭世廢文觀止》，深入處更加痛快淋漓，淺近處越發令人叫絕，說是「古典新解」的佼佼之作，一點也不為過。

在一切皆可復刻以為潮流的文青小時代，「古典新解」的作品並不少見，不過這樣的文類卻是易寫難工。易是易在選材均出於經典，人人皆可琅琅上口一二句；難則難於深入淺出的比重調和，如何提煉經典而非稀釋經典，如何帶來會心之趣而非綜藝笑鬧。要在經典與當代語境出入自在，非學養深厚、靈機巧妙的人無以為之，然而厭世國文老師的文字做到了，此書非但沒有陷入用嬉笑怒罵的嘲戲削弱經典情理的力道，反而用更貼近生活的語言讓文本情境拉回現代，進而昇華了人生。

看待人生有很多種角度，厭世國文老師在這過程中，肯定是「厭世哲學」的不二代表。「厭世」，不是「棄世」、也非「離世」，「厭世」之「厭」是面對現實的無法自我催眠，是面對自己的縱容與鞭策。所以「厭」之至極，其實也是「愛」的至極。正是因爲厭世愛世，才會致力於從「工作好累」、「日子好慢」、「情感好重」、「讀書好煩」、「說話好難」、「快樂好遠」種種生活困境中尋求解套。也因爲這般深戀深厭，直面了自身的滑稽、軟弱、渺不足道，才使得每部末的「勸世良言」得以同情共感了整個世代。

書中每個篇章都用了許多這個世代的語言（動漫梗詞、流行歌詞、電影對白），詮釋了古代經典，輕易擊中當代人的集體意識。不過這些語言更像是戲法臺前眩目的障眼道具，背後始終閃爍著一個太聰明、太清醒的魔術師身影。所以醉心瞠目於文字之餘，我更願讀者看穿那雙看似玩弄文本的手，越過暗婊教育、慨嘆人生的啼笑篇章，如同技道合一的作者一般，悠遊於經典之間，直視教育問題，且擁有一雙用以重新看待生活的全新目光。

（本文作者爲翻滾海貍工作室企劃長）

推薦序

# 廢中，有大道

歐陽立中

美國史丹佛大學曾做過一個「節拍遊戲」心理學實驗，實驗是這樣的：研究對象被分爲「打節拍組」和「猜歌組」，打節拍組會拿到一連串常見歌單，他們必須從中挑一首，打成節拍給猜歌組聽，然後猜歌組必須猜出這首歌是什麼。

很簡單對吧？有趣的是，研究者要打節拍組預測猜歌組的答對率是多少。打節拍組的預測答對率是五十％，也就是說，他們認爲猜歌組至少會猜中一半。

結果出來了！猜歌組竟然只猜對了二・五％的歌，讓大家跌破眼鏡。這究竟是怎麼一回事？原來，打節拍組因爲事先得到歌單，他們在打節拍時，腦中迴盪著旋律，所以覺得猜歌組理所當然會答對。但對於猜歌組而言，他們只聽到一連串節奏而非旋律。也就是說，當我們一旦知道某個知識，就很難想像缺乏這知識的狀況。而這，就是所謂的「知識的詛咒」。

把場景拉回來這本書吧！你在臺上說著〈岳陽樓記〉先憂後樂的情懷、談著〈赤壁賦〉變與不變的灑脫、聊著〈桃花源記〉忽逢桃花林的美好；你滔滔不絕，像是一道奔流的江水，想把學生帶進智慧的大海，但一回頭，發現比知識奔流更快的，是他們上課睡著而流下的口水。

不是古文不好、不是你教得不好，而是他們與那時代的距離，太遠了。你不知道他們爲何無法感動，正如他們也不知道你爲何感動。國文課，讓師生成爲最熟悉的陌生人。

好險，我們有《厭世廢文觀止》！一本突破知識詛咒的文學寶典。厭世國文老師像是會通靈，橫跨古代與現代，用網路世代的語言超譯古文、詮釋生活。當你讀著古文大打呵欠，他推出「撩妹，幫你複習古文三十篇」讓你精神大振；當你覺得上學了無新意，他推出「如果你的老師是漫威角色」，讓你捧腹大笑；當你是學校老師，忙到焦頭爛額，他推出「高中教師厭世賓果」，玩一玩、連一連、笑一笑。生活依然辛苦，但你卻發現，有人懂你。

厭世國文老師說，這是一本《厭世廢文觀止》，但我說，這廢中，有大道。

他說〈岳陽樓記〉是政治學霸范仲淹，借作業給學渣滕子京抄，你覺得廢到笑。笑著笑著，才發現那份作業裡，夾著一張便條，上頭寫道：「其實岳陽樓是假的，貶謫是假的，雨悲情喜也是假的，只有赤燙火熱的仁心是眞的。」他說〈赤壁賦〉的作者蘇軾，是「靠北王安石」臉書粉專的頭號酸民，酸著酸著就被貶了。你又廢到笑出來，結果才發現蘇軾心中有傷，而傷口，是了解這個眞實世界的窗扉，透過窗扉，才能看見治癒的陽光；他說〈桃花源記〉是浪漫酒鬼陶淵明的「來去鄉下住幾晚」套裝行程，這回，你學乖了，知道廢中，有大道。果不其然，你看見陶淵明刻意選擇拿著鋤頭，走進田裡，對他而言，這才是眞正的桃花源。我說，厭世不過是僞裝，因爲沒有熱切活過，文字又怎能如此赤忱；廢文不過是謙詞，因爲沒有深厚功力，文章又怎能如此深刻。

你以爲的厭世廢文之中，有大道。當然，厭世國文老師是不會承認的。

（本文作者爲作家、教師）

自序

# 課本不教的古文廢話才有眞感情

「學古文到底有什麼用？」

當我成爲高中國文老師之後，這是最常聽到學生說的一句話。

雖然，這樣的疑問應該要在國中階段已經澈底被解答完畢，如果學生到了高中還在爲這樣的問題苦惱或憤怒，代表教育的某個環節也許出了差錯，或是我們並沒有想像中的那樣關心學生的感受，甚至可能尋找這一個疑問的過程本身就是答案，所以始終無法等到眞正令人滿意的說法。

面對質疑，我總是會這樣說：

「聰明的學生以後用得到。」

古文是一臺巨大模擬器，模擬這一個世界的各種可能，以及提供各種不同類型的觀點，大多數人的知識或經驗皆是間接得來，先看見海洋圖畫，然後才有機會接觸海洋；先讀到愛情小說，然後才有可能體驗愛情。同樣地，學生進入古文這一個模擬器之中，從而了解自己未曾經歷過的人生道路，以及將來可能會遭遇到的生命困境。

聰明的學生會準備好武器，迎戰未知與複雜的世界。

國文課，就是老師在展示戰鬥裝置的特色與功能，然後將其交付至學生的手中，希望他們用來保護自己、捍衛社會、關心世界，或是征服宇宙。古文則是早期的原型機種，後來慢慢演化或變形成各種不同類別的型號，像古文這樣的原型機種，若以現在的眼光來看，不免有過時、老舊以及容易故障的問題，甚至當中零件也是需要耗費不少功夫才能一一辨識，但經過學習仍可以從中尋找新的發現與創造。

不過，對現在的學生來說，古文不是模擬器，更不是原型機，而是廢棄物，面對這樣的教學困境，我試著以古人廢話的形式，轉譯國文課本裡的古文內容，希望可以製造大家接觸、閱讀，以及再理解古文的機會。

古文被廢棄的部分，是我的古人廢話，曾經在課堂上被邊緣、厭惡、否定的非傳統詮釋，重新翻轉成被正視、親近、認同的新時代價值，這些有的沒的廢話反而讓古文不再被視為廢棄物。

廢話，是教學遺留下的產品，但卻可能無比接近眞實的情感。

利用這種方式，古文不再需要一直承擔載道的責任，也未必要展現崇高的道德價值，只要有人願意以輕鬆和寬鬆的態度閱讀，未來總會出現無限的可能。

國文教學的改變像是在汪洋中維修船隻，必須慢慢地抽換不良的木板與破損的帆布，不可能一次更新完成。雖然，汰除的過程裡會遭遇不少質疑與爭執，但這樣的阻力反而會讓古文得到喘息的空間與時間，再一次被大眾認識與討論。

退一步說，無論古文到底重要或不重要、喜歡或不喜歡，學習除了讓我們獲得知識，也能取得共識。古文是溝通練習的基礎之一，當然，我們未來也可以置換不同的課文種類，不一定只能是

〈大同與小康〉〈廉恥〉〈諫太宗十思疏〉或是〈勸和論〉等，甚至可能再也不用學習古文了。

不過，如果大家理解《厭世廢文觀止》的樂趣，代表我們擁有共同的學習記憶，然後不分性別、年紀、職業，彼此可以好好聊聊，國文課到底對我們做了些什麼？而我們到底又從國文課本裡看了些什麼？

很多時候，我們人生的難題也是古人的難題，他們在不停的思考中找到各種解釋，而我們可以從這樣的解釋中，再找到自己願意相信的答案。我們習慣有一個正確解答，但真實生命的解答不只一個，也未必永遠正確。

當你離開學校，沒有老師批改你的考卷，也沒有老師訂正你的錯誤。

分數，不應該是成功的證明，而是活著的證據。

# 目錄



## 壹　辦公室讀的古文廢話——工作好累

致打卡後出賣肉體與靈魂的上班族：
「從地獄搭電梯到公司，需要按住電梯向下的按鈕。」

# 貳 登機室讀的古文廢話——日子好慢

致努力奔跑，卻依舊停在原地、一事無成的人兒：

「寂寞像是守候誤點的班機，
不知道何時才能離開。」

## 參 健身房讀的古文廢話——情感好重

致相愛又相殺的戀人：

「練肌肉可以舉起槓鈴，
卻無法輕放愛與憂傷。」



## 肆 速食店讀的古文廢話——讀書好煩

致整天懷疑學這個有沒有用的學生：

「學校的課程是一份套餐，
卻讓你誤以為是自由選、歡樂購。」

## 伍 牙醫診所讀的古文廢話——說話好難

致誤以為言語是良好溝通工具的人們：

「說真心話和拔蛀牙一樣，張開嘴巴卻吐不出幾個字。」

# 陸

# 兒童樂園讀的古文廢話——快樂好遠

致想改變世界卻不小心被世界改變的你：

「幻想的國度，
往往比現實的人生更美好。」

壹

# 辦公室讀的古文廢話

## ——工作好累——

致打卡後出賣肉體與靈魂的上班族：

「從地獄搭電梯到公司，

需要按住電梯向下的按鈕。」

鴻門宴
哪個笨蛋竟然
蠢到擋我入關
!?
項羽
這只是誤會一場,
我先幫忙看家啦!
劉邦
楚

# 〈鴻門宴〉——最難吃的應酬飯

【國文課本這樣教】

秦末，劉邦先入咸陽稱王，沒料到激怒了西楚霸王項羽。為了解除兵戎相見的危機，兩人約定在鴻門會宴，盼能就此化干戈為玉帛。

【課本不教的古文廢話】

你或許也有以下困擾：公司團體聚餐，席間有一群不熟悉的長官和廠商，以及介於競爭與合作關係之間的同事，想好好吃飯，不啻是一種奢求。但劉邦的困擾更甚於你千萬倍：

「我吃飯的對象是地表最強霸王，沒有之一。」

# 吃飯怎麼坐

吃飯前，要先選定符合自己身分地位的座席。

《史記》和《漢書》對於吃飯位置描寫不同，前者詳細陳述，後者隻字未提。

鴻門宴，項羽處於絕對優勢，劉邦則在絕對劣勢，只要一個不小心，劉邦隨時可能在這一場餐會中「被自殺」。

這也是爲什麼這篇文章是放在〈項羽本紀〉，而非〈高祖本紀〉的原因，而鴻門宴一詞也被後世指稱爲不懷好意、居心不良的應酬聚會。

司馬遷清楚指出，〈鴻門宴〉中的項羽、劉邦、范增、張良以及項伯五人，各坐在什麼方位：

> 項王、項伯東嚮坐，亞父南嚮坐——亞父者，范增也；沛公北嚮坐，張良西嚮侍。

整場〈鴻門宴〉就由這五人座位展開，再穿插霸王項羽的堂弟項莊、劉邦麾下猛將樊噲二人前後亂入。國文課本或考試通常強調，這代表尊卑地位差異，面東的項王最高，面南的范增次之，劉邦再次之，張良則最卑。

但這樣一來，會有兩點需要解釋：

第一，為何項伯座位與項羽相同？

第二，為何范增地位高於劉邦？

也許是因為，這場鴻門宴是由項伯居中牽成。他剛與劉邦結為姻親，又是項羽的叔父，不僅身兼宴會場地規畫、主持人，也扮演促成楚漢一家親的關鍵角色。將自己放在掌握主導權的核心人物身邊，會是比較好的選擇，不但可以隨時場控氣氛，也能幫劉邦偷偷說幾句好話。

據此，項伯與項羽面東而坐。

再者，宴會是在楚軍之中舉辦，范增在楚軍的地位僅次項羽，從此一視角來看，當然會安排坐在次尊座位。

司馬遷寫此段時，一定事前蒐集不少相關資料，然後反覆思考每個與會者相對位置的重要性，對於接下來的發展會有什麼影響，最後他決定保留。

因為《史記》是紀傳體，敘述以人為主，所以每個人說的話、做的動作和表達情緒，對事件的發展都有關連。與其說座位是展現地位的尊卑，不如說是爲了描寫人物的需要。

球員站上守備位置，比賽才正式開始；演員踩在舞臺定點，好戲才開始上演。人形成故事，故事成爲歷史。《史記》是以文學的筆法進行人物傳記的書寫，司馬遷創造了一個眞實與虛構並存的空間，讓人物在其中互動，再隨時間流轉，故事逐漸開展。而這也是同爲紀傳體的《漢書》不如之處。

好比班固將鴻門宴故事放在〈高帝紀〉，內容雖多沿襲司馬遷〈項羽本紀〉，但許多重要鏡頭，都被他一刀剪掉，像是宴席座位表、范增舉玉玦、樊噲大義凜然的發言、沛公與張良的逃跑策略。刪除這些文字不是不行，但也等於刪除歷史書寫之中可能具有的文學價值。所以，《漢書》對於座位表隻字未提，不僅代表班固忽略因果發展的合理性，更遺漏主客之間可能的應對關係。

回過頭來看，司馬遷在場景描述上，先讓每人各就各位，接下來的情勢發展，就會形成具體畫面，增加讀者的臨場感與想像力。

座位，是人際關係的座標，由此延伸出無限可能。

# 吃飯怎麼吃

劉邦赴宴之前，項羽的叔父項伯就跑來對曾有交情的張良通風報信，要他和自己一起離開，理由是，項羽收到從劉邦那裡傳來的消息，懷疑據守關中的劉邦，有意率先稱王，於是決定備戰追擊之。

項伯希望張良趕快拋棄自己老闆劉邦，能跑多遠是多遠，畢竟公司沒你不會倒，但公司倒了你也必定受牽連，還可能性命不保啊。

不過，張良決定要和老闆劉邦共體時艱，眞是公司的優秀員工，足堪同仁表率。但頭腦清楚的他，有件事還是必須先搞清楚：

「到底是哪一個笨蛋同事提出要擋項羽入關的？」

劉邦「慣老闆」毛病正常發揮，迅速推卸責任給公司低階職員：

鯫生說我。

不是我的錯，都是they的錯啦！鯫生是指見識淺薄的讀書人，劉邦認爲這些沒見過世面又只會死讀書的廢宅，害得他現在進退維谷。

但張良大概撿到槍，對老闆講起話絲毫不留情面：

料大王士卒足以當項王乎？

這句話pH值超低！明明知道對上項羽大軍，劉邦那支屢戰屢敗的軍隊，根本不堪一擊，簡直像寶可夢裡小拉達對上超夢被秒殺的下場一樣。張良還故意問劉邦，老闆你是不是以爲自己打得贏呀？不然哪來的膽子挑釁霸王項羽。

劉邦無法回答，只好雙手一攤，連忙與張良規畫之後的應對進退。

於是劉邦先與項伯結成兒女親家，再請他回去對項羽解釋：

「大王，這只是誤會一場，我是先幫忙看家啦！」

張良建議劉邦擺出低姿態，好讓對方放下戒心，並趁機拉攏項伯到同一陣線。後來，當

「項莊舞劍，意在沛公」的橋段上演時，項伯也拔劍同舞，爲劉邦擋下對方惡意的殺招，就是在這個時候就已經安排妥當的暗樁。

菜還沒下鍋，已經想好怎麼擺盤才美；飯還沒開始吃，已經想好怎麼說話才安全。

等到鴻門宴那一天，即使項羽沒有害劉邦之心，但一旁的參謀范增早有殺劉邦之意；張良應該也察覺到這份潛藏的威脅，才會中途急忙去找樊噲，試圖破解眼前被范增刻意製造的危險情勢。

說到劉邦麾下的猛將樊噲，可是見慣了大場面的武勇之人，興趣是斬下敵人頭顱。根據《史記》統計，他一共砍下一百六十四顆人頭。

樊噲之所以跟來參加這一次餐會，其實也在張良計畫之中。

只見樊噲衝入帳門，坐在門口的張良不以爲意，而面對門口而坐的項羽，則是立即反應：

按劍而跽。

項羽原本雙膝著地，屁股坐在腳跟上，迅速轉爲聳身挺腰的防禦姿勢，這代表他已經準備拔劍，斬殺衝入帳內的不速之客。

酒酣耳熟之際還能有如此敏捷反應，不愧是擁有霸王之名的男人。換做是我，看見一個長得像成吉斯汗館長的壯漢衝進教室，站在講臺上的我應該只會「按地而跪」、舉手求饒吧！

見到如此場面，項羽問樊噲：

「先生你哪位？」（客何爲者？）

張良馬上幫樊噲解釋：

「他是劉邦的司機兼隨扈。」（沛公之參乘樊噲者也。）

從一開始的座位安排，可以知道項羽是面向樊噲、張良二人，所以明明是質問樊噲，卻由張良接替回答，乍看就像項羽只是在詢問張良意見一樣，同時又讓全場焦點放在樊噲身上。此舉瞬間化解當下項莊與項伯、項羽與樊噲，兩處的劍拔弩張。

吃飯怎麼吃？

一般人用的是嘴，但張良用的是腦。

## 吃飯怎麼閃

《史記》將這場鴻門宴放在〈項羽本紀〉，暗示這是西楚霸王的人生巔峰；《漢書》則放在〈高帝紀〉，認爲這是高祖的人生轉捩點。

一個輕忽大意，歷史的結局從此大不同。

樊噲闖入宴席，從張良的角度來看，目的是在破壞聚會的正常流程，製造一個突破口，轉移在場衆人注意力，以爭取那一瞬間的逃脫機會。

掉入陷阱的是項羽。

按道理，中途打斷宴會是一件十分不禮貌的舉動，更何況樊噲還是帶劍擁盾衝入會場，順便用盾撞飛守在門口的持戟衛士。但項羽卻嘉許其行爲：

「壯士，賜之卮酒。」

「賜之彘肩。」

「坐。」

萍水相逢的情況下，項羽明明不認識樊噲，甚至樊噲的口氣和態度也不和善，但他卻能親切地先問你是誰，再請你喝一杯，又請你吃東西，最後還邀你同坐酒席之中。

做為一個宴會主人，項羽十分稱職且成功，反觀劉邦這名客人的舉止，就幾近無禮了，總是一直想從現場開溜，而逃離的方式一定早已策畫完畢，樊噲的突襲正是行動暗號：

「尿遁！」

樊噲退坐至張良旁，沒多久，劉邦站起身子，走往廁所，順便再向剛坐好的樊噲打個Pass，要他到外面陪自己一下。大家早就計畫好要在這個時間點，離開這場難吃的餐會。

但這時劉邦不知怎麼搞的，「慣老闆」毛病再次發作：

「偷偷跑掉，是不是對主人有點不禮貌？好歹我也是有頭有臉的人耶！」

在這種危急時刻，還想著顧及臉面，要跟主人致謝再離席，樊噲聽到直想立刻砍下眼前這個廢老闆的頭顱，但他還是耐著脾氣說：

「如今人方為刀俎，我為魚肉。」

你再不走，只能任人宰割啦！

樊噲以酒席上的食物做了十分精準的譬喻。劉邦想起被切成一塊塊的魚肉，再想到剛剛項莊拿著劍、殺氣騰騰的模樣，當機立斷，趕快閃人。本來還想當個有禮貌的客人，最後決定當個能呼吸的客人比較實在。

不知道什麼時候，張良竟也來到外頭，跟劉邦兩人商討如何逃跑的大計。大概是張良坐在靠門口最近的地方，從宴席中離開，不容易受到太多人注目。

我想起自己每次參加學不到東西的官辦研習，都想擁有和張良一樣的位置，這樣中途低調偷跑，才不會不好意思，雖然我以為，主辦單位更應該為研習內容感到不好意思才是吧。

鴻門宴還沒結束，劉邦就已偷偷假借如廁名義溜走、項羽苦等不見人，擔心地詢問劉邦狀況，甚至還要都尉陳平出去找找，緊張劉邦會不會掉到茅坑裡了。

最後，卻只見到張良獨自一人走進會場：

「抱歉，我老闆醉倒在廁所，不小心沾到一些排泄物和嘔吐物什麼的，怕影響大家食欲，所以先回家換衣服去了。」

張良一邊解釋，還一邊拿出已準備好的貼心伴手禮，分送給項羽和范增，希望能夠稍稍補救中途離席的失禮行為。

換句話說，如果參加討厭或會被討厭的聚餐，想先離席的步驟是：

一、我去尿尿。

二、在桌上留下吃飯錢，最好是全部人的餐費。

## 一句話複習

〈鴻門宴〉——「飯吃到一半就落跑。」

# 〈燭之武退秦師〉

## ——逃不掉的爛工作

【國文課本這樣教】

《左傳》記錄了一則史事：秦、晉兩大國聯合包圍鄭國，鄭國大夫燭之武臨危受命，前往說服秦君退兵，化解鄭國危機。

【課本不教的古文廢話】

說穿了，燭之武不過就是一個倒楣的資深待退員工罷了，老闆鄭伯丟給他一份爛差事，小孬孬同事佚之狐推卸後，這深入敵營的危險任務，就全落在燭之武的肩頭上：

「不想死，就得去。」

## 裝死的老闆

燭之武承接了原本不屬於自己的任務。歌舞昇平時，也沒享受過什麼特別優渥待遇的他，在國難當頭之際，仍要冒著生命危險深入敵營，進行談判。

上級對下級往往沒有溝通，只有命令，否則，能夠說服秦穆公退兵的燭之武，怎會無法回拒老闆鄭文公交辦的苦差事呢？

〈燭之武退秦師〉敘述秦穆公、晉文公二人率軍包圍鄭國，挑起這場戰事的晉文公，其實是想討回過去在鄭國丟失的顏面。說到這裡，就得回溯到他尚未成爲國君之前的人生。

據《左傳》敘述，晉文公爲躲避繼母追殺，開始過著如同白雪公主一般的逃難日子；但他沒遇上七矮人，而是流浪在八個大小不同的國家之間。

有的人對晉文公很好，像是齊桓公，不僅贈送了二十輛相當於名貴超跑的馬車，還幫他找了一個老婆；但也有些怪人如曹國的共公，沒善待晉文公就算了，還像個變態痴漢一樣偷看人家洗澡，只因他聽人說，晉文公有一個異於常人的身體構造：「駢脅」。

一般人體肋骨共十二對，但相傳晉文公擁有緊密相連的肋骨！視覺上看來，大概就像是穿著一件緊密包覆的膚色救生衣吧。

《左傳》沒有記錄，看到如此獵奇的畫面時，曹共公究竟做何反應，倒是敘述了一位曹國大夫僖負羈之妻的發言：

「先別管痴漢老闆了，趕快付遮羞費道歉啦！」

擔心晉文公日後報復，僖負羈希望能夠用錢化解兩國之間的恩怨，畢竟錢可以解決的事，都是小事。但意外的是，晉文公將錢退回了。

因爲尊嚴，錢買不到。

後來，晉文公流浪到鄭國，《左傳》記載：

及鄭，鄭文公亦不禮焉。

結果，鄭國國君文公也以冷漠傲慢姿態接待晉文公，但鄭文公的弟弟叔詹看不下去，跳出來勸阻鄭文公，擔心他做出更失禮的行爲，理由是：

「被繼母一路追殺，還能活這麼久，他一定是有強運加持、殺不死的怪物，哥哥千萬要小心啊！」

然而，鄭文公完全沒把叔詹的話聽進耳裡，依舊用無禮的態度對待晉文公，報復的種子已在此時悄然種下。

狼若回頭，不是報恩，就是報仇。晉文公正是一匹流浪荒野十九年的凶狼，在他強勢回歸晉國後，馬上展開一連串的報恩與報仇行動。

如同公司裡總是做著愚蠢決策的老闆，鄭文公直到此時都還搞不清楚狀況，非但幫不上忙，還聽不進下屬建言，只會在那邊扯後腿。

不久，晉、楚兩大國對峙城濮，鄭文公毫不猶豫地加入楚國陣營。結果楚國被打趴，連忙滾回老家休養生息，剩下鄭國獨力對抗晉、秦兩大國的壯盛軍隊，眼看鄭國即將就此消失在地圖上……

晉侯、秦伯圍鄭，以其無禮於晉，且貳於楚也。晉軍函陵，秦軍氾南。

錯誤的決定導致錯誤的結果，鄭文公連忙集合大家，召開緊急會議，想找人收拾爛攤子。

話說回來，明明是自己引的戰、犯的錯，在國家級會議上當場說出來，還眞不知有多丟臉，爲什麼鄭文公不私下點名個誰誰誰、暗中處理就好了？

很顯然，鄭文公忘了這問題從頭到尾都是自己搞出來的；而且你想想看，老闆親自主持一場攸關公司未來命運的重大會議，不但可以展現自己優異的領導力和應變力，還能欽點眞正有能力解決問題的員工。

這樣一來，問題等於是老闆自己解決的，即使你我心知肚明，老闆什麼事情也沒做，甚至明明就是罪魁禍首，還死不承認。

過分的不是做錯事，而是做錯事還裝死。

## 機車的同事

當天的會議大致是以下狀況：

「公司遭遇重大危機，我想聽聽大家意見。」

「這麼簡單的事都不會，我請你們這些員工來幹嘛？」

「今天大家非得想出個具體解決方案不可。」

在一段長時間的靜默後，佚之狐大概是被鄭文公點名的一個倒楣鬼：

「來，你說。」

這種關乎國家存亡、十死無生的事，身為鄭國資深老屁股的佚之狐，當然能閃多快是多快、能推多遠是多遠。他的第一個反應是：

若使燭之武見秦君，師必退。

經驗老練的佚之狐，迅速掌握目前關鍵在於秦穆公的決定，再進一步將責任轉嫁到另一位資深同事燭之武身上，認為他有機會從秦穆公那裡找到突破口。

佚之狐拍胸脯保證：

「相信我，燭之武沒問題的。」

莫名其妙接下一份爛工作，燭之武一定覺得佚之狐很機車。現在，儘管鄭文公正以熱烈期盼的眼神看著自己，但溺水的人還是想掙扎一下。

燭之武試著委婉拒絕：

臣之壯也，猶不如人；今老矣，無能為也已。

表面上說自己老而無用了，但燭之武內心真正的小話是：以前有好康的不找我，現在有屎缺才要我賣命。平常跟佚之狐也沒什麼交情，這傢伙怎麼突然想到我？

燭之武心裡越想越不爽，心中不停祈禱能用這幾句看似謙虛、實則抱怨的場面話，逃避這吃力不討好的工作。

但是，身為慣老闆的鄭文公馬上道歉，並且把話挑明：

「都是我不好，但，要死一起死。」（然鄭亡，子亦有不利焉！）

這已經不只是慣老闆，根本是恐怖情人等級了！

鄭文公半哄半威脅地要燭之武安心上路，旁邊的佚之狐或許暗想：

「爽啦！計畫通（注：日文漢字，指「一切都如計畫的那樣」）！」

佚之狐成功將一顆燙手山芋外線快傳給燭之武，出張嘴總是比動手做來得輕鬆許多，最糟糕也不過是鄭國滅亡的 bad ending，若是燭之武僥倖在秦穆公那裡抓住一線生機，自己也能獲得薦舉人才有功的伯樂之名，現在的他只要坐享其成就行了。

《左傳》沒有解釋，爲什麼燭之武明明知道機車同事挖坑給自己跳，卻又還是答應了鄭文公的請求。

或許，是當老闆都已經低聲下氣且釋出善意了，身爲底下員工，當然還是得使命必達，畢竟團體利益大過個人好惡；又或許是佚之狐機車歸機車，但他既能看出秦、晉之間仍存在某些矛盾，更發現燭之武的膽識與沉穩，倒也稱得上洞燭機先；在有限的選擇之中，做出一個最合理的判斷，合理到連燭之武自己都不得不承認：

「這全靠我了。」

於是，燭之武趁著半夜視線不清的時候，在城牆上用高空垂降的方式離開鄭國，起身前往氾水之南：秦穆公軍隊的所在地。

笨蛋老闆，讓你勇敢生活；機車同事，使你挑戰極限。

燭之武勇敢挑戰自己的極限。

## 不真實的說服

《左傳》這樣告訴讀者：

燭之武臨危受命，以「三害一利」說服秦穆公與鄭國結盟，秦國派人留守後就退兵了。晉文公知道後，提出「不仁、不知（智）、不武」三個理由敷衍屬下，也帶著軍隊離開了。

高中考試與教學重點向來放在燭之武採用何種方式說服秦穆公，並且希望學生從中學習說話的技巧。

然而，另一部優秀歷史著作《史記》，卻沒提到燭之武的名字，甚至說服的內容也只有以下幾句：

「別人加分，等於你被扣分；晉國得利，等於秦國損失。」（破鄭益晉，非秦之利也。）

「不要打我，我們可以做好朋友。」（亡鄭厚晉，於晉得矣，而秦未爲利。君何不解鄭，得爲東道交？）

簡單歸納《史記》與《左傳》的共同觀點：厚晉薄秦。

別人的失敗，就是我的快樂；別人的成功，就是我的痛苦。就算打趴了鄭國，也只爽到晉國而已，對你秦國可是一點好處也沒有呢！

秦穆公衡量損益後，做出了協防鄭國的決定。只是，晉文公會這麼輕易放棄嗎？

〈燭之武退秦師〉還提到，晉文公之所以退兵，最重要的理由是：秦晉友好。

可是，這位好朋友跟你絕交，然後跟別人做朋友，還幫忙對方顧門兼保全，叫你趕快滾回家，這樣還算是好朋友嗎？帶兵打仗，不用耗費時間、金錢以及人力嗎？難不成晉文公是免費帶團導遊？

「鄭國五日行，函陵氾水祕境遊。」

「慶祝晉文公登基，包吃包住統統免費。」

司馬遷的解釋是這樣的：

晉於是欲得叔詹為僇。

原來，晉文公是想要叔詹的肉體或屍體。或許是因爲，晉文公流亡到鄭國時，叔詹曾建議鄭文公，若不能以禮待之，就要趁機殺掉。

僥倖沒死的晉文公當然要討回一個公道，換句話說，死一個叔詹，救回整個鄭國，CP值很高。

於是，叔詹自殺，鄭國再把屍體送給晉文公，期待以此逃過滅國之災，然而晉文公的回答是：

必欲一見鄭君，辱之而去。

決意要親自給鄭文公拘束凌辱play，來個「晉文公的五十道陰影」！

鄭文公的慣老闆態度正常發揮，連忙找下屬當替死鬼，打算遊說秦國退兵，但整個國家腦袋最靈光、口才最好的叔詹已經不能再說話了，只好隨便派個人出公差。反正重點就是「厚晉薄秦」，誰去傳話，有什麼差別嗎？又不需要臨場反應、隨機應變，答案早就知道了，考卷還會難寫嗎？

如果從《史記》觀點分析，燭之武的說服根本不是太重要的一件事，重要的是，秦晉兩國如何再次分析政治情勢而做出抉擇。

再者，晉文公退兵，是因爲鄭國答應讓公子蘭爲太子。

公子蘭曾經因爲父親鄭文公家暴，逃往晉國。晉文公大概也曾是家暴受害人的關係，很喜歡公子蘭這名有爲的年輕人，趁此機會幫助他成爲鄭國太子。未來的鄭國國君將是自己人了，晉文公當然可以大大方方帶領軍隊回家去，剛提到想要叔詹的屍體，明顯只是一個侵略的藉口罷了！

於是，鄭國得到了喘息的機會。

如果司馬遷是高中老師，當他上到這一課，應該會笑笑說：

「我的《史記》寫到春秋那部分，有八成七都照抄《左傳》，燭之武退秦師這段是我難得捨棄的材料，也不知道爲什麼高中課文要放這篇文章呢？」

**一句話複習**　〈燭之武退秦師〉——「待退公務人員出任務。」

# 〈諫逐客書〉——老闆拜託，不要開除我

【國文課本這樣教】

戰國時，李斯寫了一封奏疏，勸諫秦王政收回驅逐客卿的命令，文章從歷史經驗與感官娛樂論述逐客之弊，強調秦國統一天下的理想，需要客卿的幫助，也就是延攬與雇用外國人才。

【課本不教的古文廢話】

李斯身為一名從楚國來秦國打拚的年輕人，面對霸道總裁秦王政，即使立場不同，仍然冷靜地分析秦國強大的原因，以及外國人才的重要性，成功喚醒秦王政的總裁獅子心：

「讓秦國再一次偉大。」

## 秦國CEO：「你明天不用來了。」

請想像，某天早晨，你忽然接到一通來自公司人事主管的電話：

「你被解雇了，請收拾辦公室私人物品，速速離開公司。」

由楚入秦的「西漂青年」李斯，就像這名現代企業白領階級一樣，某天一覺醒來，就遭到老闆秦王政「逐客」，被解雇辭退了！

不過話說回來，這解雇通知爲何來得如此突然？

李斯深入一查才發現，原來是秦宗室大臣在背後搞的鬼：

「外國人受僱來秦工作，都是爲了從事間諜活動，應該要立刻驅逐出境。」（諸侯人來事秦者，大抵爲其主游間於秦耳，請一切逐客。）

這些宗室大臣就像公司董事，任職秦國股份有限公司的決策單位與管理機構，即使貴爲董事長的秦王政，也未必能左右董事會聘任與解聘公司高階主管老屁股的決定。

而他們認爲，這些外國人來到秦國，個個存心不良，都是想來搞破壞的啦！只會耗損國家整體勞動力與生產力。

爲了避免傷害繼續擴大，秦王政於是發布「逐客令」，想驅趕在秦國工作的外國白領主管。

楚國人李斯也在這群被迫離職的外國主管群之中。

李斯義憤塡膺，自己遠離故土、盡忠職守、吃苦耐勞，做牛做馬來成就秦國的統一大業，卻淪落如斯慘況。

說也奇怪，外國人在秦國工作多年，不是一直都相安無事，怎麼秦王政忽然變成川普總統了？（You are fired!——戰國川普4 ni？〔注：網路用語「是你」之意〕）

這一切要怪韓國人。

當時秦國逐漸壯大，弱小的韓國擔心自己成爲被侵略的對象，於是派遣一位水利工程專家鄭國（對，他從韓國來，但名叫鄭國，不是鄭國人喲！而且戰國七雄也沒有鄭國，同學考試要記得喔～），來幫秦國挖掘水道，目的只有一個，就是「疲秦」。希望藉由大興土木、耗費巨資的水利工程，讓秦王政專心待在國內拚經濟，別老打著欺負弱國、霸凌別人這些外交軍事的壞心眼。

但鄭國這奸細也挺有意思的。想不到他一不小心表現太優秀，以及太有良心，蓄意破壞竟成了用心幫忙。

這水利工程的確造成不少秦國人力與物力的浪費，不過一條全長三百餘里的渠道，卻也提供周邊土地充沛的灌溉水源。

就連鄭國被人發現了，他其實是韓國派來的奸細時，依然坦蕩：

「即使做了壞事，我依舊是好人。」（始臣為閒，然渠成亦秦之利也。）

間諜是真的，渠道也是真的；間諜雖有破壞之心，渠道卻無害人之實。

或許，鄭國有著自己的專家職業道德，大過於對祖國的忠誠。在敬業與愛國之間的兩難選擇，鄭國填上的答案是：擘畫正確的水利工程。

從結果論來看，鄭國修建的這一條渠道，確實壯大了秦國的國力，在當時一定引發高層激烈的爭執，到底要怎麼評估外國人提供的策略與規畫？以及要怎麼看待這一些正為秦國效力的外國人？為了將風險降到最低，避免發生更嚴重的損失，最後的結論是「逐客」。

原來，李斯只是個被鄭國連累的倒楣鬼。

## 趕走外國人才，秦國競爭力恐下滑

收到解雇通知書的李斯，沒有時間自怨自艾。

他原本只是楚國一介偏鄉基層公務員，爲了得到更好的工作機會，先是跟著當時頗具盛名的學者荀況學習，還與一名成績優異的同學韓非一起讀書。

在良好的學習環境裡，李斯希望能夠拓寬與延展未來職涯道路，讓自己走得更好、更穩，也更遠。學成後，李斯向荀子辭別，表達自己不願意久處窮困之地，更不想長居卑賤之位，若以粗俗的一句話來表達，那會是：

「我不要再像廁所的老鼠只能吃大便了！」（人之賢不肖譬如鼠矣，在所自處耳！）

李斯好不容易得到機會，可以大展長才，卻因爲受到豬隊友鄭國拖累，必須離開秦國這一間大型企業。但怪責他人，無濟於事，重要的是如何度過眼前難關。

李斯火速決定，寫一封信給秦老闆，開門見山就說：

「有人覺得逐客可以，我覺得不行。」（臣聞吏議逐客，竊以為過矣。）

第一句話不囉嗦！馬上進入主題。

李斯指著秦王政說：老闆你錯了，「逐客」是錯誤的決定。

可別誤會李斯，以為他是個指著老闆腦袋就劈頭亂罵的白目，他可聰明得很。熟知秦王政講求效率，他毫不拖泥帶水地指出關鍵，同時以「都是 they 的錯」來為秦王政預留一個臺階，方便他把責任推給身邊幕僚。

李斯〈諫逐客書〉的終極目的，就是為了喚起秦王政成功經驗，讓他能做出合乎現實的判斷，重新審視自己逐客的決定。

接著，李斯根據秦王政「統一天下」的欲望，進一步提出主張：

「稱霸靠五子，變法靠商鞅，連橫靠張儀，強盛靠范雎。」

「逐客會把秦國變得又老又窮。」

「外國人才進得來，秦國發大財！」

秦王政真正需要的，是「跨海內、制諸侯」的開放策略，而非以「不論可否，不問曲直」的單一標準，驅離所有外國人才。

講白話點，李斯就是想表達：「秦老闆，您要是眞想統一中國，就不該趕走咱們這些外國人；你看，歷史不也證明了，這些人的確滿肚子周詳的治國計畫啊。」

還有，雖然〈諫逐客書〉沒提到，但李斯的內心話可能是：

「別人犯錯，干我屁事？」

鄭國欲以水利工程破壞秦國經濟一事只是個案，並不代表全部的外國人才，都懷有異心。而若將今日鄭國之過，與往昔前人之功相比，可說是鑽石表面上微不足道的瑕疵，無損原本的美麗與價值。

如果一個企業的安全與穩定，因爲疏於採取有效的預防措施，而身陷危險之中，這就代表公司制度與領導者決策出現不小的問題。秦王政該做的，是想辦法改善或降低風險，以及監督人員與機構的運作狀況才是。李斯期盼，秦王政能恢復正常的人才選拔與任用制度，而非單純以出生或國族認同做爲衡量標準。

的確，沒有任何人是不可取代的。公司沒你不會倒，有你公司也未必會好，但沒有制度的公司，我保證一定倒。

## 讓秦國繼續偉大，這類型人才是關鍵

李斯的信起了作用，秦王政停發「逐客令」。

史書對此描述不多，我們無法得知，秦王政收回成命的考量，到底是什麼？也無法得知，鄭國的解釋爲何會被採信？

國文課本都是這樣講的：李斯的說服力來自於反覆論證。但是，也有許多方法可以成功說服別人啊，像是情感、利益、地位、權力等，說理不過是其中一項。

願意相信什麼，是根據情感；應該相信什麼，是根據道理。

人們習慣依循情感行動，而不是道理。

《史記》記載，李斯成功重返自己的辦公室，拿回識別證，恢復每天正常上班下班打卡的日子。

秦老闆繼續採用李斯之前「統一天下」企畫案，我認爲關鍵原因在於：遠見。

驅逐秦國全部的外國人才，是秦王政受到秦宗室壓力後的決定。

當時有一位面相專家尉繚，從四個「壞人」特徵判斷秦王政個性：

秦王為人，蜂準，長目，摯鳥膺，豺聲，少恩而虎狼心，居約易出人下，得志亦輕食人。

秦王政有一副壞人臉，甚至也有一顆壞人心。需要你的幫忙，他願意展現謙虛的態度，但本質依舊是一個壞人，所以不需要你幫忙時，便會將人一腳踢開。

據此，秦王政面對鄭國一事，勢必會尊重宗室的決議，最低限度也會裝出尊重的樣子。或許他從來沒有打算眞正「逐客」，李斯的〈諫逐客書〉正好給秦王政一個反擊契機，告訴宗室們趕走外國人才是一個錯誤決定：

「我尊重你們的看法，但李斯的建議更有建設性。」

秦王政需要的是能夠確立目標、執行計畫、完成工作的人才，也就是具有「遠見」的部屬與幕僚。鄭國之渠與李斯之計，皆不是迅速獲得成效的策略，而是需要足夠的時間、耐性，以及具體的實踐。

如果驅趕鄭國與李斯等外國人才，原本擬定的方案統統功虧一簣，這會對秦王政與秦國造成極大衝擊，過去的努力全付諸於流水。

有鑑於此，秦王政絕不能讓李斯離開，之前李斯「左手出錢，右手出拳」的獻策正執行到一半，而且成效十分良好，能用錢收買的就收買，不能用錢收買的就殺掉，成功離間六國君臣的團結合作。

秦王政的遠見，讓李斯有機會重回職場；李斯的遠見，則讓秦王政有機會統一天下。除此之外，還有更精采的轉折。

李斯一路平步青雲，官至廷尉，這是一份掌管刑獄、修訂律法的工作，可以羈押、囚禁、審判有罪的宗室大臣，他內心應該會有OS：

「啊不是要趕我走？現在換我讓你們走不了！」

秦王政擺明是給李斯一把槍防身，順便發揮其熟知法律的長才，以建立完整的規矩與制度。

沒有具備遠見的人才，等於切斷穩定與發展之間最重要的聯繫管道，短視近利會造成營運的困難。

因爲公司很想賺錢，但不知道如何賺錢，或許公司也不知道自己要什麼，老闆只好把目標抛出來，期待下屬提供意見，但下屬爲了蒙蔽長官，常會構築一個夢想的世界：不需要專業意見也能夠賺錢。就好像秦宗室希望沒有專業人才也能夠統一天下。

但秦王政卻不是一般的老闆，他清楚知道，採購負責殺價，業務負責開發市場，財務不只是將資訊對上級透明化，還需要內勤統整行政事務，讓資訊保持暢通與快速。必須組織一個專業的團隊，讓裡面的專業人才各自發展能力，最後順利圓滿達成工作目標。

秦王政建立的外籍人才庫，讓秦國繼續偉大。

## 一句話複習

〈諫逐客書〉——「拜託，不要趕我走啦！」

# 〈勞山道士〉——不要幫公司做壞事

**【國文課本這樣教】**

〈勞山道士〉是一篇文言短篇小說，王生向勞山道士求取法術，卻因自己的好逸惡勞和不懷好意，非但法術沒學成，反而自食苦果。

**【課本不教的古文廢話】**

勞山道士初見王生時，覺得這一名年輕人骨骼不清奇、額頭沒靈光，是隨處可見的普通男子，不要浪費時間學什麼仙術了，早點回家洗洗睡比較實在。

但在王生哀求之下，勞山道士還是勉強給他一個「留校查看」的機會：

「認識別人需要一陣子，認識自己需要一輩子。」

## 沒有惡鬼的鬼故事

《聊齋誌異》不少故事沒有出現鬼，因為人心往往比妖物更可怕。好比公司或學校裡，總像一幅「地獄變相圖」，充斥著彼此在苦難沉淪裡互相監視、懷疑、折磨，以及傷害的惡鬼，即使外在仍披掛一層人類毛皮。蒲松齡正是創造了基於現實卻又超乎想像的世界。

魯迅在《中國小說史略》如此評論《聊齋誌異》中的花妖狐魅：

多具人情，和易可親，忘為異類，而又偶見鶻突，知復非人。

《聊齋誌異》裡面的不可思議之物，擁有可與人類共通的情感，卻又有各種非人類常規的想法與行動。蒲松齡試著從文學的此岸，緩慢接近道德彼岸，找尋真實與虛構的那一條模糊界線。

即使《聊齋誌異》不少故事有出現鬼，但妖物常比人心更可愛。

清初文宗王士禛創作筆記小說《池北偶談》時，曾向蒲松齡借《聊齋誌異》來讀，之後戲題一詩：

姑妄言之姑聽之，豆棚瓜架雨如絲。料應厭作人間語，愛聽秋墳鬼唱詩。

國文課本告訴學生，《聊齋誌異》的書名是「聊天之齋」，蒲松齡利用工作閒暇時間，在路邊以茶換取路人的奇異故事。但「聊」字本有「姑且」之意，若再從王士禎此詩首句來看，或許書名的意思是指「姑且妄言與聽之齋」，蒲松齡只不過以故事排遣寂寞、借鬼怪抒發感慨：

志異書成共笑之，布袍蕭索鬢如絲。十年頗得黃州意，冷雨寒燈夜話時。

此詩是蒲松齡回覆王士禎的題詩，一方面調侃自己的書不值得一提，一方面抱怨自己的人生同樣不值得一提，大意是：「我隨便說說、你隨便聽聽，大家隨便就好。」

如此隨便的《聊齋誌異》，現在卻拿來考試，還真是有夠不隨便。

坦白說，即使不以諷刺貪嗔人性，或針砭社會現實的眼光看待，單從娛樂價值欣賞，《聊齋誌異》也是一部引人入勝的小說。

當我們以考試制度做爲評判閱讀理解的程度時，只會讓過去好不容易堆疊累積的樂趣瞬間崩塌土解。就算讀完一本小說的心得只有：好看！痛快！精采！這又有什麼妨礙？何必非要找一個解釋不可。當我們崇尚多元價值的同時，請記得：放棄也是多元中的一種價值。

相較清代，現代考試制度沒有高明多少。八股的文章換上了西洋的臉孔，就以爲大家認不出來，骨子裡仍舊是在限定的時間之內完成指定的內容。

蒲松齡沉溺於小說創作，常以小說筆法來寫考試作文，連他老闆也看不下去了，忍不住提醒：

凡臺絕頂聰明，稍一斂才攻苦，自是第一流人物。

這種說法，跟以前我的老師有夠像。當老師看見我上課偷寫武俠小說時，對我說：「你的聰明不要浪費在這種沒用的東西上。」

學生應該好好準備考試，反覆練習考古題，千萬別想這個科目對我未來有什麼幫助，而是要問到底會不會考。蒲松齡如果想中舉，應該多練習八股文，而不是虛擲才華；如果想要有更好的工作，應該多培養企業需要的技能，而不是自我探索。

難怪蒲松齡會說：

「了解我的，大概只剩下黑暗中的孤魂野鬼吧！」（知我者，其在青林黑塞間乎！）

在浩瀚的人海裡，我們都是那一個離群的鬼。

## 沒付薪水的老道士

〈勞山道士〉是《聊齋誌異》裡沒有鬼的一個故事。

放到現在來看，猶如中國版哈利波特遇見鄧不利多，裡面的老道士一樣是讓眾弟子學習，不過中國版的故事更多是強調內心的修持，而非技術的鍛鍊。

當東方的職場比西方更西方的時候，「即戰力」成為企業徵才的主要篩選條件，要能夠為公司做出更有價值的貢獻，以及創造更大的利益。

換句話說，應徵者若是想求得工作，就必須盡力配合或滿足管理者的期待。在〈勞山道士〉中，王生欲向老道士拜師，得到了一句這樣的回應：

恐嬌惰不能作苦。

老道士期待底下的學生可以吃苦耐勞，並非視之為一種技術或能力，而是藉此分辨與確認內在的特質，是否適合得道。

若以公司做為譬喻，老道士這一位資深主管看重的是求職者的乖巧與聽話，同時根據一種無可量化的標準進行評定，考核其在工作過程中展現出來的能力，與工作內容有沒有直接的關係。簡要言之，就是：

「永無止境的試用期。」

老闆希望初入職場的新鮮人付出一切，包含經驗、知識、時間、勞力，然後才能獲得你想要的，像是薪水或升遷。

〈勞山道士〉裡的老道士本意當然不是如此，而是希望王生能夠持續做一個好人，才有資格得到想要的一切，而做一個好人，是需要吃苦耐勞的。

但現在的職場，只傳承了吃苦耐勞的精神，卻未將目標設定成要做一個好人，取而代之的是更多利益。這與其說是吸取西方職場的優點與長處，不如說是被強勢的文化吞噬殆盡，最後只剩下扭曲了的自己。

〈勞山道士〉有一段精采橋段：王生受不了辛苦的訓練，想偷跑回家，老道士於是變了三項法術：剪紙爲月、箸化嫦娥、移席入月。這一段故事應該有偷偷參考《宣室志》，裡頭一篇〈王先生〉是這樣寫的：

七娘以紙月施於垣上。夕有奇光自發，洞照一室，纖毫盡辨。

而〈勞山道士〉則是這樣寫的：

師乃翦紙如鏡，粘壁間，俄頃，月明輝室，光鑒毫芒。

相比對照之下，兩者有八成七像，皆是以紙爲月，再黏貼在牆壁上，不久後即大放光芒，明亮到連細小的毫毛都看得一清二楚——這根本是在頭上安裝一盞戶外探照燈嘛。

老道士法術一變，就把王生打包走人的念頭也變不見了。王生羨慕老道士能夠有戶外探照燈，還隨時有美女陪喝酒，甚至比阿姆斯壯更早登陸月球，想到自己已經投入這麼多時間與精神，只有笨蛋才會選擇這個時候離開。

老道士有沒有試探或挽留之意，我們不得而知。但在職場上，這就像你向公司遞出辭呈，主管總會先慰留一番，感謝你一直以來的辛勞與付出，強調他都看在眼裡，讓你不禁盤算：

「這裡其實沒這麼糟嘛！主管有看見我的努力。」

如果你沒有因此而被感動說服，主管很可能再應允你之前一直爭取的福利與升遷期待；可一旦你收回了辭呈，主管也許又會開始想方設法，阻止你獲得福利了。

回到〈勞山道士〉一文，故事裡的老道士始終沒有付出，一切是王生自以爲罷了！工作何嘗不是如此？

## 沒有醒悟的讀書人

蒲松齡是一個厲害的短篇小說創作者，〈勞山道士〉中主要的描寫對象是老道士，而非王生，所以故事重點並不在描繪王生的懶惰和欲望，否則應該改名爲〈王生求道〉才是。

如果只看〈勞山道士〉的情節：一名年輕人向老前輩拜師學習，結局卻徒勞無功。那麼從此可以得出各種詮釋或見解，畢竟一個人或是一件事的失敗是多因的，端看是從哪一種角度分析，以及從哪一個立場批評。

表面上，〈勞山道士〉提供多元解讀；實際上，蒲松齡已經說明唯一的答案：

今有傖父，喜疢毒而畏藥石，遂有舐癰吮痔者，進宣威逞暴之術，以迎其旨。

這段文字如果要對應〈勞山道士〉裡面的老道士和王生，必須將前者的人物形象反過來閱讀，也就是老道士在故事雖是正面形象，但在蒲松齡的評論裡卻是負面形象，指的是「馬屁精」（舐癰吮痔者）；至於王生則是「卑鄙小人」（傖父）。

蒲松齡想說的其實是：

「如果你有能力，不要幫壞人做壞事。」

裡面的王生無法反省自己的錯誤，雖然他最大的錯誤只是懶惰，正如我們的老闆，充其量最大的錯誤也不過是貪心了點。然而，無論懶惰或貪心，皆會驅使人越過不該跨越的道德紅線，以及不該觸碰的法律邊界。

困難的是，我們該不該阻止錯誤蔓延，還是繼續蒙上眼睛，成了加速錯誤擴大的幫凶？當老闆指派一項任務或命令，要你違反個人良知或社會規定時，你會爲虎作倀，還是自求多福，或是願意付出代價，只爲堅守自己的理想？

大多數人無法像老道士一樣，要給或不給王生法術，皆操之在我，得以應變自如；你我可能還有房貸、車貸，以及孩子教育費要付，每個月看到帳單，也只好咬著牙執行那些不合理或不合法的工作。

一步錯，之後步步皆錯。

蒲松齡以紙筆尖銳地劃開人性膿包，讓腥臭的汁液曝曬在陽光底下。或許飄散在空氣裡的腐爛氣味，會讓路人掩鼻而過，但在《聊齋誌異》裡，骯髒與潔淨是同一個事物的兩面：

聞此事，未有不大笑者，而不知世之爲王生者，正復不少。

大家嘲笑王生耗費工夫學仙求道，卻只換來一個不靈的穿牆法術，甚至讓自己的額頭撞出一個如雞蛋般大小的腫包。蒲松齡卻說：

「不要笑，你們也差不多。」

總是想追求快速、方便，期盼用最小努力換得最大利益，像王生一樣的長官或是同事，三不五時告訴你：不要太認眞、不要太努力，心思卻全耗費在鑽漏洞、找偏門，只會被自己的欲望遮蔽遼闊的視野，永遠無法探索更大更遠的世界。

蒲松齡下了一個公允的結論：

初試未嘗不小效，遂謂天下之大，舉可以如是行矣，勢不至觸硬壁而顚蹶不止也。

人如果追求眼前利益，短期依舊會收到成效，但若以爲能夠維持相同模式，繼續賺取相同好處，那可就誤會大了。尤其錯誤發現的時間越晚，造成的傷害就越痛。

**一句話複習**

〈勞山道士〉——「東方霍格華茲的鄧不利多。」

## 【厭世國文老師的勸世良言】

為了不讓自己無聊，所以我們工作，
沒有工作的人等於沒有能力運用時間。

消費者的世界裡，
無聊的情緒得以讓購物與消費填滿，
任何快樂、享受、刺激，
以及有趣的事物，
都是為了消費而存在。

欲望需要消費，
快樂需要金錢，
於是，我們工作。

貳

# 登機室讀的古文廢話

## ——日子好慢——

致努力奔跑，卻依舊停在原地、一事無成的人兒：

「寂寞像是守候誤點的班機，

不知道何時才能離開。」

# 赤壁賦

# 〈赤壁賦〉

## ——沒有出口的房間

**【國文課本這樣教】**

〈赤壁賦〉以蘇軾與洞簫客之間的問答，抒發生命短暫、人類渺小的感慨，以及闡釋「變與不變」的人生哲學，亦是以此寬解自己正面臨的挫折與不幸。

**【課本不教的古文廢話】**

如果有個叫「靠北王安石」的臉書粉絲專頁，蘇軾大概會是熱中此專頁的頭號網路酸民，天天發文嘲諷一下政治、社會、經濟、同事、朋友，還有和尚。可惜北宋沒有匿名發文機制，這讓有心人士找到攻擊機會，導致「烏臺詩案」發生。

從此，蘇軾展開漫長的貶謫生涯，這完全可以歸咎於他的叛逆個性：

「就算這個笑話會傷人，我還是要說。」

# 反省要在垃圾堆

北宋元豐二年，蘇軾從徐州調職到湖州，寫了〈湖州謝上表〉感謝皇帝的支持與愛護。然而他卻不認眞感謝，硬是穿插了幾句諷刺當時王安石變法的措施：

伏念臣性資頑鄙，名跡堙微。議論闊疏，文學淺陋。凡人必有一得，而臣獨無寸長。

有在教育界或社會上打滾的人都知道，當老師或前輩舉手發言，卻態度謙恭地說自己什麼也不懂、什麼也不會，就代表他其實又懂又會，有時還是代表自己的不以爲然。

蘇軾說自己「頑鄙」「淺陋」和「獨無寸長」，絕不是眞心認爲自己一無是處，而是意有所指，背後的意思可能是：

「對啦！我最廢，哪像某人最厲害了。」

接著越說越明顯，趁機酸了與自己立場相左的變法陣營：

「新人還是比較優秀啦，像我們這種老人，就在角落畫圈圈或是做點簡單的無腦工作就好了。」（知其愚不適時，難以追陪新進；察其老不生事，或能牧養小民。）

所謂的「新進」一詞，擺明在酸以王安石爲首的新黨黨員。

潛臺詞是：「啊新人不就好棒棒。」

此時，在政治的擂臺上，監察御史舒亶蓄勢待發，給予蘇軾致命一擊：

「蘇軾靠北政府，大家很生氣。」（臣伏見知湖州蘇軾，近謝上表，有譏切時事之言。流俗翕然，爭相傳誦；忠義之士，無不憤惋。）

舒亶可是有備而來，之後還列舉四句蘇軾詩文，做爲毀謗朝廷的證據。其中或許有斷章取義之嫌，但他說得煞有其事，將蘇軾形容成一開口就是辱罵政府與詆毀國君的傲慢官僚，隨後再附上四冊蘇軾文稿，顯得更像是那麼一回事。

這時，御史中丞李定再從擂臺角落跳出來，補上一記右鉤拳：

軾自度終不爲朝廷獎用，銜怨懷怒，恣行醜詆；見於文字，眾所共知。

指責蘇軾挾怨以詩文攻擊朝廷新政，如果對照蘇軾之前的〈湖州謝上表〉，挾怨攻擊可能未必有，但不滿總還是看得出來。

高級酸民蘇軾一定是在「議訕時事」，可能認爲自己沒有指名道姓，而且只是發表「十分之一」評論，不會影響民眾對於政府信賴，更不會有什麼政治上的問題。

可是，事情不如蘇軾想得順利。

毀謗朝廷是政治大忌，有問題不當面陳述己見，總愛在背後指桑罵槐、說三道四，然後再怪別人拉椅子坐。享受諷刺快感，卻又不願負起公共社會責任，這不是身爲一名知識份子應有的行爲。

再者，以王安石爲首的改革勢力，無所不用其極打擊保守陣營，蘇軾的鋒芒畢露，正好給了敵人一個落井下石的機會。

於是，蘇軾下獄，接著貶至黃州去。

## 追著月亮跑的罪人

蘇軾一直追著月亮跑。

〈赤壁賦〉是不停想往月亮前進，如果蘇軾是超人，每一次奔跑都可以與月亮縮短二分之一的距離，如此反覆不停縮短二分之一的距離，卻依舊無法碰到月亮，永遠只能追著跑，用盡全力，還是徒勞無功。

更何況，蘇軾不是超人，他只能坐在原地，望著月亮依舊皎潔。

七月十六日，月亮開始不圓滿的那一天，蘇軾和朋友夜遊赤壁。一群無聊的文藝中年男子出門玩耍，不免要喝酒狂歡，然後順便表現自己的文學素養，於是開始吟誦《詩經・月出》：

「月亮好亮，正妹好正，走路也好正，求認識。」

然後不知道蘇軾一群人嗑了什麼藥，希望也可以給我來一點，開始覺得搭著遊艇就好像乘著風在天上飛。

前文不是說「清風徐來，水波不興」嗎？現在竟然大喊：

「I am 神仙 of the world——」

可能夜遊太嗨，蘇軾這個四十七歲中年男子開始敲打船舷唱歌：

「好想國君啊！就像想正妹那樣想。」

大概眞的很想正妹吧！我可以懂蘇軾的心情，但在他身旁的朋友，似乎不怎麼懂，拿起洞簫吹奏出低沉悲涼的音樂，瞬間讓大家的情緒從歡樂變成哀怨，根本黃州冷場王啊！

蘇軾腦海中原本浮現的是性感正妹，聽到這款簫聲後，取而代之的是哭泣寡婦。正妹變寡婦，難怪蘇軾會問這位吹洞簫的朋友：

「你有事嗎？」（何爲其然也？）

吹洞簫的朋友之後提出一番長篇大論，試圖解釋自己的殺風景是有以下原因的：英雄會死，我會死，你也會死。可是英雄活著的時候燦爛輝煌，我和你卻只能灰暗落寞。面對如此短暫、渺小的生命，不僅卑微，更是無能爲力：

「我知道，不可能。」（知不可乎驟得。）

無能爲力不可怕，知道自己無能爲力卻又想改變，這才是最可怕的一件事。自從貶官之後，人生就已失去控制，所謂「漁樵江渚」「魚蝦麋鹿」「扁舟匏樽」，只是沒有選擇的選擇罷了！

整個黃州是巨大的密室，沒有辦法逃脫。

蘇軾聽完，就用身邊的水與月做爲譬喻，告訴這位傷心的朋友：

「變就是不變。」

啊，變或不變都一樣啦！從有限來看，萬物分別；從無限來看，萬物如一。

密室如果無限巨大，就不再是密室，黃州即是宇宙。

蘇軾如此解釋：

蓋將自其變者而觀之，則天地曾不能以一瞬；自其不變者而觀之，則物與我皆無盡也，而又何羨乎！

黃州的一切，就是宇宙的一切。人在何處？擁有何物？依然存在於宇宙之中，又有什麼值得難過的呢？於是蘇軾做了一個結論：

「我和你，一起好好活著吧！」（吾與子之所共適。）

我們好好享受人生吧！吹洞簫的朋友笑了，然後再喝幾杯，抱著蘇軾酣睡，直到天亮。這大概是這一群政治邊緣人最安心的晚上吧！從快樂到難過，再從難過中發現喜悅。傷口，是了解這個眞實世界的窗扉，透過窗扉才能看見治癒的陽光。想辦法讓自己過得更好，這是蘇軾四十七歲的追月日常。

## 與世界一起顛倒

蘇軾應該是孤獨的。

即使寫下〈赤壁賦〉，領略了「變與不變」的道理，但是那一種「沒人懂我」的心情，只會逐漸滋養生長。

變與不變，端看你從何角度看待。世界顛倒，你只要一起顛倒，世界依舊如此端正完好。但問題在於：我們始終無法維持顛倒的狀態，因爲世界不允許我們正直地對待。

元豐六年，是蘇軾在黃州的第四年。他貶官爲黃州團練副使，看起來似乎有官職在身，但實際上仍是一位犯錯遭罰的罪人。大概就像學生調皮搗蛋，老師罰學生擔任廚餘小老師，每天整理和清潔營養午餐剩下的食物。

中華民國的教育方式頗能讓學生感受古代文人的貶謫。

蘇軾的痛苦，學生或許可以明白：想做的事情往往不能做，不想做的事情往往必須做。

黃州是蘇軾的牢籠，學校是學生的監獄。

他們都是不知道自己到底錯在哪裡的罪人，不停接受教育與鞭策，然後才可以赦免罪行成爲更好的大人。

蘇軾大概會想：憑什麼？

學生也是這樣想的。

在這個十月十二日的夜裡，蘇軾脫掉衣服準備要去睡覺，可能正要關上家門的時候，發現今晚月光怎麼如此美麗，決定再把衣服穿好，開心地出門散步，忽然發現：

念無與樂者。

美好的事物需要分享，需要朋友一起感受快樂，才是眞正的快樂。那個時候，蘇軾沒辦法拿出手機拍照、上傳、打卡，讓粉絲按讚，半強迫式要認識或不認識的朋友接受自己的快樂，最後他不得不帶著月光，走向承天寺，尋找張懷民。

張懷民，字夢得。他也是被貶謫的罪人，一個懂得生活樂趣的罪人。

再過幾十天，蘇軾的弟弟蘇轍就會爲他建的亭子作記，蘇軾則將此亭命名：快哉。

不過，這一晚的蘇軾沒有想到這麼多事情，他唯一想做的就是告訴張懷民：

「起床看月亮。」

蘇軾走往承天寺的時候，心中一定裝著滿滿的張懷民。

此時，張懷民也尚未就寢，於是兩人一起在承天寺庭中散步，雖然我覺得即使張懷民已經睡著，他也會說自己還沒睡。這麼美麗的夜晚，能看到蘇軾出現在自己住的地方，是一件多快樂的事呀，怎麼能睡呢？

蘇軾描述今晚的景色：

庭中如積水空明，水中藻荇交橫，蓋竹柏影也。

此寫視覺，同時也是觸覺。將秋夜的微微涼意，用「積水空明」四字表現出來，「藻荇交橫」則讓人產生豐富的聯想，彷彿身處在另一個空間。

承天寺幻化成承天池。

原來是竹柏的影子啊！這又將人從虛幻帶回現實。

承天寺依舊是承天寺。

我常在想，蘇軾最後說：

何夜無月，何處無竹柏，但少閑人如吾兩人耳。

這應該是一句回答，在承天寺夜遊的時候，張懷民大概問了蘇軾：

「爲什麼是今晚？爲什麼是我們？」

因爲是我們，所以才有今晚。

追著月亮的兩名罪人，在這個夜晚和世界一起顛倒。

**一句話複習**

〈赤壁賦〉——「遊艇音樂派對玩了一整晚。」

# 〈晚遊六橋待月記〉

## ——等待，是最高級的忍耐

【國文課本這樣教】

袁宏道是晚明公安派小品文大家，他以簡單文字勾勒出西湖景致，並且展現自己與眾不同的審美品味。題目為〈晚遊六橋待月記〉，卻不是直接描繪月景，而是以虛寫的方式，營造別有韻致想像之美。

【課本不教的古文廢話】

覺得日子乏味至極的袁宏道，決定辭去官職，來到西湖六橋一帶玩耍。而他不屑依照杭州觀光指南與在地鄉民推薦行程，堅持來一趟深度的心靈沉澱之旅：

「白天不懂夜的黑，杭人不懂月的美。」

## 越墮落，越快樂

明朝萬曆二十三年，袁宏道任職吳縣縣令，沒多久就開始抱怨這一份工作：

「做官好苦！尤其是做我管轄的吳縣的官，更是辛苦到快往生。別說做牛做馬累，牛馬都沒有我吳縣縣令累啦！」（人生作吏甚苦，而作令爲尤苦。若作吳令，則其苦萬萬倍，直牛馬不若矣！）

星期一上班算什麼？袁宏道覺得自己天天活在星期一。

工作還不夠討厭，眞正令人討厭的是工作上遇到的人。袁宏道寫給朋友丘長孺的信上，有個十分貼切的比喻：

「工作的痛苦在於：像是做一個逢迎的奴婢、諂媚的娼妓、愛計較的老人，以及胡說八道的媒婆。」（大約遇上官則奴，候過客則妓，治錢穀則倉老人，諭百姓則保山婆。）

我完全能夠體會這種心情。就好比班級導師遇上校長主任要畢恭畢敬，接待外賓家長像在送往迎來，收取班級費用必須不停提醒叨唸，教訓學生不僅要講道理，還得充當和事佬。除此之外，最令袁宏道感到折磨的是：別人玩耍，自己上班。

吳縣是一個觀光旅遊勝地，擁有各種娛樂。然而身為吳縣縣令，卻被繁重的公務纏身，無法抽出空餘時間四處遊樂，這令袁宏道備感無奈：

金閶自繁華，令自苦耳。何也？畫船簫鼓，歌童舞女，此自豪客之事，非令事也；奇花異草，危石孤岑，此自幽人之觀，非令觀也；酒壇詩社，朱門紫陌，振衣莫厘之峰，濯足虎丘之石，此自遊客之樂，非令樂也。

自己不能玩耍已經很痛苦，看到別人玩耍更痛苦。

袁宏道像是學校行政人員，每到寒暑假，看見同事全在機場打卡拍照準備出國，自己卻只能留守校園，不是看著一群缺乏學習動機的學生重補修，就是盯著平時不守規矩的學生進行愛校服務。他心中應該默默暗想：

「飛機不用在網路打卡，也會起飛。」

所以，當袁宏道聽見自己舅父中年失業，反而認爲這樣才可以享受人間眞樂，不必再受到職場上的種種限制與折磨。他提出五件「快活」之事：

第一，追求感官的種種刺激，看最美的事物，聽最悅耳的音樂，住最舒適的地方，說最虎爛的廢話。

第二，夜店燭光搖頭派對，啤酒一罐一罐開，辣妹一個一個換，人越多越是嗨翻天。如果錢不夠用了，就拿家產土地去典當，然後繼續嗨下去。

第三，建一間只有收藏「優良」讀物的圖書館，再找幾個快樂夥伴一起在裡面看書，但必須是聰明有見識的那種。然後，其中一個腦袋最好的帶著大家集體寫書創作。

第四，買一艘遊艇，安排一組樂團、一些泳裝美女，還有幾個吃飽沒事的廢物，大家快樂地進行一些成人遊戲，一路玩到掛。

第五，因爲玩得太爽、太久、太花錢，大概不出十年就會破產，最後只好當一個乞丐四處要飯。但只能專找自己認識的鄉親父老、兄弟姊妹、朋友至交，千萬不要感到有半點羞恥之心，這樣才能感受眞正的快樂——有錢的時候，給朋友靠；沒錢的時候，靠朋友給。

眞正的快樂，來自生活的墮落；墮落的快樂，來自欲望的滿足。

每一個日子裡，總是不免期待自己能像袁宏道，成為一個快樂的廢物。

## 美麗需要時間完成

萬曆二十五年，袁宏道實踐「不爽不要做」的工作精神，辭去吳縣縣令，終於可以給自己放一個長假，於是決定來到西湖，把自己沒玩到的地方全部玩回來。

然而，他卻在桃花與梅花之間，面臨一個兩難的美麗抉擇。

事情是這樣的：西湖有桃花，而傅金吾園中梅花也正盛開，袁宏道必須轉換空間，才能同時兼顧兩者，而既然人在西湖，按道理桃花也看過了，是時候該動身前往賞梅，他的好友陶望齡在旁邊吵著：

「難得一見的宋代古梅，在千載一遇的季節盛開，以後萬一看不到了，該怎麼辦啦！」

在限量與限時的雙重誘惑之下，實在很難抗拒這樣的邀請。

更何況，陶望齡性情嗜好與袁宏道頗爲相近，兩人曾因爲偶得《徐渭文集》，熬夜邊讀邊大叫，邊大叫邊讀，驚醒原本已進入夢鄉的童僕家人。只要遇上喜歡的東西，他們完全沒在在乎他人感受的意思。

不過，這一次袁宏道與陶望齡的意見相左。他覺得桃花太美了，不想離開西湖，竟如此情有獨鍾。

某種意義上，我可以體會袁宏道的心情與選擇，這好像安心亞和周子瑜同時辦握手會，我一定會猶豫到底該去參加哪一場才好？如果可以，當然兩場都要去，但身爲安心亞的忠實狂熱粉絲，即使周子瑜難得回臺灣辦活動，我還是會毅然決然回到安心亞身邊。

高中國文課本在這裡會提到：這代表袁宏道一反中國士大夫的審美情趣，梅花象徵高雅，桃花則代表輕薄，故意捨梅就桃，不同於流俗。

但我猜，袁宏道一定說了以下理由：

「你們去看梅花就好。什麼？桃花已經看夠了？」

「不不不，現在看不夠美，我要一直看到晚上。」

「月亮下的桃花才更美。」

這就好像是在說：「安心亞的美不只一種，白天看和晚上看是不一樣的。」袁宏道願意「等待」，他只是選擇時間、捨棄空間，這時的想法應該更簡單一些：因爲美麗，需要時間來完成。

路上的風景，每一個剎那皆是千變萬化，必須停留佇足，才會發現時間的存在。

於是袁宏道獨自行走在蘇堤至斷橋一帶，一邊欣賞楊柳如煙、桃花似霧，一邊看著富二代和正妹小模正在隨著音樂擺動身體，彷彿是在參加明代「春吶」。這裡沒有陽光、沙灘、比基尼，卻有著陽光、西湖、羅紈衣。

袁宏道開始翻著白眼，默默批評這些人不懂西湖的美：

然杭人遊湖，止午、未、申三時。其實湖光染翠之工，山嵐設色之妙，皆在朝日始出，夕舂未下，始極其濃媚。

杭州人玩耍，沒品味，自己玩耍，才眞有品味；西湖的美，只有袁宏道知道，月景更美，也只有袁宏道知道。而爲了證明自己知道，接下來，袁宏道開始想像月景的畫面，想著想著，就忽然有點小興奮，還沾沾自喜，不屑告訴這些杭州人樂趣在哪裡：

此樂留與山僧遊客受用，安可為俗士道哉！

袁宏道明白西湖月景之美，但不願意說，說了也不會懂，只有等到看見的那一瞬間才會明白。於是，他漸漸「期待」，靜靜地看著喧譁的遊客，想著等會兒出現的月景，究竟會有多麼美麗。

西湖的美，需要時間醞釀。袁宏道等待，然後期待。

## 做一個真正的人

萬曆二十四年，袁宏道辭官前一年，他為自己的弟弟袁中道撰寫〈敘小修詩〉。文中提到「獨抒性靈，不拘格套」，這可視為公安派詩學的重要主張，認為直出胸臆、心性靈慧，即可創作「真詩」；這與之前提到的「真樂」一樣，皆是注重內在心性如實流出的「真」。真實是突破既有規則與限制的重要關鍵，無論是情感、創作，還是快樂，唯有搜尋那一張誤以為遺失的票卡，才能搭乘欲望的列車，抵達愛與自由的邊界。

袁宏道在〈識張幼于箴銘後〉中提到：

性之所安，殆不可強，率性而行，是謂眞人。今若強放達者而爲愼密，強愼密者而爲放達，續鳧項，斷鶴頸，不亦大可嘆哉！

大意是：我們必須沿著情感的線條前進，勾勒靈魂原本的形狀，繪製完整的自己。如果硬要加上任何不屬於自己的一筆一畫，只會破壞和諧的構圖，距離眞實只會越來越遠。

對袁宏道來說，發現與理解自己原本的樣子，不會爲了任何外在的事物而改變本來面貌，即是所謂「眞正的人」。想要成爲「眞正的人」，必定不能掩飾任何的喜、怒、哀、樂、嗜好，以及情欲，也不應該只接受好的感覺而拒絕負面情緒。

所以，袁宏道面對好友陶望齡，也時常流露驕傲的性格：

昔白樂天謂元微之：「近日格律大進，當是熟讀吾詩。」兄或者亦讀僕詩耶！

白居易曾經調侃元稹的詩藝之所以進步，是因爲讀了不少自己的詩作；袁宏道借用這一則軼事讚美陶望齡的詩作，同時炫耀自己的才華更在陶望齡之上。

還有一次，袁宏道喝醉酒，忽然對著陶望齡說：

「你的狂妄和酒量比不上賀知章，但眼光跟他差不多。」

沒頭沒腦來這一句，陶望齡滿臉黑人問號。袁宏道繼續說：

季真識謫仙人，爾識袁中郎。

「季真」是賀知章的字，而「謫仙人」則是指李白。這句話是袁宏道往自個兒臉上貼金，將自己比喻成詩仙了！

袁宏道待人沒在客氣的，對於自己的創作，也常天外飛來一句破壞氣氛的話。例如〈天池〉一文，原本好好寫著：

晚梅未盡謝，花片沾衣，香霧霏霏，瀰漫十餘里，一望皓白，若殘雪在枝。

四周風景如詩如畫，袁宏道以文字形容的無比清幽唯美，但卻硬是在其中加了一句僕役的抱怨：

「爬山累斃了，到底哪裡美？」（疲甚，哪得佳？）

關於景物，袁宏道其實也不太關心，他比較在意自己的心情和感受。幾篇山水遊記，如果把題目遮住，還真不知道是什麼地點，如果你想參考這些作品，當做旅遊指南，那完全無法提供任何有意義的訊息。

袁宏道的生活和創作，一直在實踐「獨抒性靈」的目標，但人生豈是如此簡單，更多時候，根本無法知道自己想要的到底是什麼，更遑論持續做一個「真正的人」。

他也會陷入掙扎與矛盾之中：

寂寞之時，既想熱鬧；喧囂之場，亦思閑靜，人情大抵皆然。

或許，根本沒有所謂的「做自己」，只有反覆不停的「找自己」。

**一句話複習** 〈晚遊六橋待月記〉——「專業老司機帶你遊西湖。」

# 〈醉翁亭記〉——手牽手，一起去郊遊

【國文課本這樣教】

貶至滁州的歐陽脩，以自己的號「醉翁」來為山僧智僊蓋的亭子命名，並且寫下〈醉翁亭記〉一文，藉著與滁人共同出遊的過程，傳達「與民同樂」的胸懷。

【課本不教的古文廢話】

歐陽脩以太守身分，辦理滁州民眾登山健行活動，不僅供應在地食材料理，還有美酒無限暢飲，以及老少咸宜的博弈遊戲，這類型官方活動絕對大受好評，場場爆滿。然而，歐陽脩只不過是以這樣的方式，讓自己看起來很快樂：

「我笑著說沒關係，你們怎麼就相信了？」

——

## 朋友和朋友的朋友都是好人

春日漫漫，如果要去郊遊，你會找誰一起？朋友、家人，還是暗戀的那一個鄰座同學？歐陽脩跟大家很不一樣，他選擇和一群不認識的民眾出去玩耍。難道是他沒朋友嗎？歐陽脩當然有朋友，他們是一群堅持理念的好人。

爲了聲援范仲淹的慶曆新政，歐陽脩以〈朋黨論〉解釋一群壞人與一群好人的差別：

「世界上有好人和壞人，好人聚集在一起就是好團體，壞人聚集在一起就是壞團體。」

（大凡君子與君子以同道爲朋，小人與小人以同利爲朋，此自然之理也。）

任何政治的革新，必定會影響不少既得利益者。范仲淹重新設計公務人員淘汰機制、改變考試甄選人才管道，以及調整薪資福利相關規定等，這也讓舊有保守勢力爲了維持現狀，變得更加團結了。

這些保守派當然不好意思說是爲了錢，只好譴責改革勢力是社會動亂的始作俑者，更指稱范仲淹這些改革者是讓社會分化的政治犯罪集團。

於是歐陽脩發表了「好朋友、壞朋友」言論，想支持好友范仲淹。然而，這種幼兒園等級的善惡好壞之分，或許也將許多中立觀望的政府官員趕去了對立面：

「今天范仲淹和歐陽脩是好人，那我沒跟到你們那一團，就是壞人囉？」

再以統治者的角度來看，結黨就是結黨，哪有什麼好人團體或壞人團體，任何的群體只要規模夠大，就有威脅政權的可能。

一個人是聰明的，一群人是愚蠢的，甚至不僅愚蠢，還很危險。

即使宋仁宗讚許歐陽脩「論事切直」，也明白這樣的正義感，讓歐陽脩一個人拉高了不少仇恨值，但在政治角力的衝突之中，領導者不能完全阻止保守勢力的攻擊，更不能給予改革勢力太多掩護。

歐陽脩的朋友很多，但敵人更多。

慶曆四年，歐陽脩的敵人朝他開了第一槍：

以國家爵祿爲私惠，膠固朋黨，遞相提挈，不過三二年，佈滿要路，則誤朝迷國，誰敢有言？

這段話適用於任何團體，透過利益維持的聯繫，會因成員的擴張而越是緊密。某些成員會利用這樣的緊密關係，來達成自己私人目的，類似我們常說的：

「XX圈很小的！」

「我認識很多同業。」

「你若不聽話，我會讓你在這行混不下去。」

因此，這一槍不是亂射子彈，的確命中歐陽脩與他的好人朋友。

慶曆五年，射向歐陽脩的第二槍擊發。這一次的子彈是粉紅色的，讓歐陽脩深陷亂倫疑雲之中。

根據王銍《默記》記載：

張懼罪，且圖自解免，其語皆引公未嫁時事，詞多醜鄙。

歐陽脩曾收養一名沒血緣關係的外甥女張氏，後來嫁給歐陽脩的堂侄，卻另外有了「小王」，與家中僕人偷情。此案交由開封府審理後，張氏竟潑了歐陽脩一桶髒水，指證兩人之間有過一段不可告人的曖昧，想藉此轉移審判焦點。

一個偷情的女人，有段亂倫的過去似乎也很合理，於是政敵趁機說兩人有過不正當的性關係。

當一群人說你有錯的時候，就算沒錯，似乎也成眞的罪人了。

最後，歐陽脩被貶到滁州，而這一年范仲淹剛寫下〈岳陽樓記〉。

國文課本會說〈醉翁亭記〉展現歐陽脩身處逆境而自得其樂的曠達。我卻很難想像一個人的理想破滅，曾經一起奮鬥的夥伴正値低潮，自己也莫名其妙捲入桃色風暴，明明自己是清白的，卻仍被處罰下放。

怎麼快樂？

## 你快樂嗎？我看起來很快樂

滁州時期的歐陽脩，到底快不快樂？〈醉翁亭記〉一文如此敘述：

醉翁之意不在酒，在乎山水之間也。

歐陽脩似乎頗能得山水之樂，但若眞的「意不在酒」，後文又何必補充說明山水之樂要「寓之酒」？這兩者不是自相矛盾嗎？

擺明就是山水無法解憂，喝酒也無法澆愁，歐陽脩只好強顏歡笑，伴隨衆人遊山玩水，同時飲酒作樂，才能稍稍撫慰內心悲傷哀痛與不滿。

此時歐陽脩不過三十九歲，卻以「醉翁」爲號，依照他自己的解釋是：

飲少輒醉，而年又最高。

前一句解釋了「醉翁」的「醉」字，因爲不太會喝酒，所以常容易醉倒；後一句則是說明「翁」字，單純是因爲在一群人之中就屬自己年紀最大，所以才戲稱自己是一位老人。但這就有點不容易理解了，歐陽脩又不是某些網路的「妹紙」，明明高中畢業沒多久，只要回到學校的社團參加活動，馬上開始說自己是老人了。

這可以從歐陽脩晚年的〈六一居士傳〉找到答案：

六一居士初謫滁山，自號醉翁。既老而衰且病，將退休於潁水之上，則又更號六一居士。

將原本的號「醉翁」更改爲「六一居士」，歐陽脩提出的解釋是自己又老又廢又生病，當時的政府沒有什麼長照2.0計畫，不得已只好擬定個人專屬照顧專案，讓書籍、金石遺文、琴、棋局、酒，陪伴已是衰弱老人的自己，撐過剩餘人生，所以連帶更改使用已久的稱號，宣示將步入人生另一個階段。

而在〈題滁州醉翁亭詩〉中，歐陽脩也不認爲滁州時期的自己已到被稱爲「老」的年紀：

四十未爲老，醉翁偶題篇。醉中遺萬物，豈復記吾年。

從此可知，在貶謫滁州的時候，歐陽脩根本不覺得自己是生理上的衰老，而是心理上的滄桑。當他自述「蒼顏白髮」，衰老的不是容貌，而是心境。

對歐陽脩來說，滄桑同時也是創傷，所以他需要藉酒撫平傷痕，將自己寄託在山水之間；也需要和滁州民眾手牽手去郊遊，讓自己沉浸在人群之中，目的皆是爲了暫時遺忘。

唯有如此，才能轉移自己的注意力，將如鯁在喉、有口難言的屈辱與傷害拋諸腦後。

酒醉，讓歐陽脩達到與自然和諧共處的狀態，他在〈醉翁吟並序〉中提到這次出遊的經驗：

始翁之來，獸見而深伏，鳥見而高飛。翁醒而往兮，醉而歸。朝醒暮醉兮，無有四時。鳥鳴樂其林，獸出游其蹊。

還沒喝醉的歐陽脩，森林中的鳥獸一看到他，不是躲藏，就是逃離，但喝醉酒的歐陽脩，卻認爲森林中的鳥獸紛紛開心又快樂，一起出來玩耍。

人群，使歐陽脩重新找回自己的位置。在〈醉翁亭記〉末段：

人知從太守遊而樂，不知太守樂其樂也。

身爲滁州太守的歐陽脩以這群人的快樂爲快樂，是因爲打從心底就快樂不起來，甚至感到迷失了自己，但最後卻在人群中找到方向。

歐陽脩先寫下一個問號，然後回答：

「我是誰？」
「我是廬陵歐陽脩。」

## 聽一首醉翁主題曲

歐陽脩完成〈醉翁亭記〉後，應該是覺得自己寫得不錯，身為滁州行政首長，當然要促進滁州山水觀光產業發展，因此決定將此文銘刻在石頭上，讓來往遊客能藉此遙想當年太守與民同樂的歡愉氛圍。

不久，一名歐陽脩的忠實粉絲沈遵，特地來到滁州醉翁亭遊玩。他規畫了十分詳盡的追星行程，走歐陽脩走過的山路，看歐陽脩看過的景色，聽歐陽脩聽過的鳥鳴，說不定還安排了山肴野蔌搭配釀泉酒的組合套餐。

沈遵非常滿意這一次的「滁州琅琊山醉翁亭踏青行腳之旅」，普通人通常會寫旅遊心得或是觀光報告，但身為太常博士的沈遵硬是與眾不同，竟譜寫了一套節奏疏宕而音調華暢的樂曲，再以歐陽脩的雅號取名為〈醉翁吟〉（宋代文青腦粉94狂！）。

十餘年過去了，歐陽脩奉命出使契丹時，巧遇沈遵，粉絲與偶像見面自是歡喜，歐陽脩便爲只有樂譜的〈醉翁吟〉塡入歌詞，不免感嘆：

我時四十猶彊力，自號醉翁聊戲客。爾來憂患十年間，鬢髮未老嗟先白。滁人思我雖未忘，見我今應不能識。

自號醉翁，不過是一句玩笑，是想以戲謔的姿態面對惡劣的政局，即使仍充滿不滿與怨懟，但與之後的憂患困頓相比，現在可是連哀嘆都有滿滿衰老的氣息。

記憶或許難忘，但人不會永遠維持記憶中的那一個模樣。

又過了三十年，歐陽脩與沈遵皆已逝去，後來蘇軾繼續沿著歐陽脩的腳步，根據〈醉翁吟〉的樂譜，重塡新詞：

然有其聲而無其辭，翁雖爲作歌，而與琴聲不合。又依楚辭作〈醉翁引〉，好事者亦倚其辭以制曲，雖粗合均度，而琴聲爲辭所繩約，非天成也。

蘇軾的意思很簡單：

「閃開！讓專業的來。」

認為歐陽脩的詞句搭配不上〈醉翁吟〉的樂曲，更別提還有些不怎麼樣的讀書人，幫歐陽脩的詞句再譜上新的樂曲。聽是勉強可以聽啦，但支撐不了歐陽脩文字的氣場，說到底，還是要蘇軾親自操刀才稱得上渾然天成。

原作曲者沈遵的兒子覺真法師，知道蘇軾完成新版〈醉翁吟〉後，特地寫信肯定蘇軾的創作：

「這詞，我覺得可以。」（居士縱筆作詞，而與琴會，此必有眞同者。）

畢竟兩水難相容於一器，兩手難共彈一琴，更別提琴聲與詞句要能和諧互融，需要的不只有熟通音律，還要心靈契合。

歐陽脩的學生曾鞏，也為此詞曲作跋：

公沒後，子瞻復按譜成〈醉翁操〉，不徒調與琴協，即公之流風餘韻，亦於此可想焉。後人展此，庶尚見公與子瞻相契者深也。

曾鞏先入歐陽脩門下，之後才是蘇軾。歐陽脩完成《新五代史》後，還邀請兩人為其寫序，但誰也不敢與不願承擔這個重責大任，結果卻是讓一位沒有什麼學識才華、也沒有什麼文學素養的陳師錫撿到了便宜。

蘇軾後來抱怨了一下，認為這陳師錫沒搞清楚狀況，根本是高估了自己的能力。據此，曾鞏對於蘇軾重譜詞句一事表示認同，覺得能夠展現歐陽脩的「流風餘韻」，更讓人曉得蘇軾與歐陽脩師生之間的深厚情誼。

歐陽脩寫完一篇文，沒想到卻讓人唱成一首歌。

一首接著一首，直到我們忘記樂聲，也忘記醉翁的那天。

## 一句話複習

〈醉翁亭記〉——

「滁州琅琊山醉翁亭改善工程竣工典禮暨州民康樂活動。」

# 〈始得西山宴遊記〉——出門玩，要開心

【國文課本這樣教】

〈始得西山宴遊記〉是描寫柳宗元藉由登臨西山，以紓解貶官至永州的痛苦心情，從原本惴慄不安的恐懼，轉變成與大自然融合為一體的平靜。

【課本不教的古文廢話】

自稱是罪人的柳宗元，也是政治鬥爭的失敗者。在一次西山自由行之後，竟然可以從此離開黑暗的深淵？無論內心如何超然，外在的困境依舊，我們誤以為柳宗元得到了救贖，卻沒想到：

「不能說的，不只有祕密，還有痛。」

## 復仇這道菜，不得不吃

日常生活裡，紓緩痛苦的成效往往不佳，原因之一便是：我們忽略了痛苦那具有經驗性、複雜性，以及重複性的特質。

我們會發現痛苦的存在，卻無法澈底消除抹去。

柳宗元攀登西山，目的正是藉由外在環境的幫助，改變內心不舒服的狀態。

永貞革新的失敗，讓原本不可一世的柳宗元，不得不重新整理自己的人生。

柳宗元二十一歲考中進士，因爲精敏絕倫，又很會寫文章，可說是當時的青年才俊。那時也正逢唐順宗與王叔文想要進行政治革新，以解決宦官與藩鎮擁兵自重的混亂局面。王叔文仗著有順宗做靠山，開出優渥的待遇和官職，吸收了不少想要趕快功成名就的年輕人。

你想想，要是眼前有份工作，不但年收入破兩百萬，還可以掛上個亞洲區執行副總裁之類的頭銜，更不要求有什麼社會歷練，年紀輕輕就可以喝美酒、開跑車、帶小模出遊，是我也會馬上應徵。

當然，這時候的柳宗元懷有相當程度的政治理想，正準備大展長才，而有一番作爲，試圖改變腐敗的政治環境。在他加入以王叔文爲首的政治集團後，另有一位頗負盛名的年輕人也是其中成員，即是後來被稱爲「詩豪」的劉禹錫。

根據《舊唐書》記載，柳宗元與劉禹錫年輕得志，再加上積極改革的決心，二人的行事作風往往果斷剛直：

凡所進退，視愛怒重輕，人不敢指其名。

人既然掌握了權力，還可以毫無限制的使用，當然是看誰不順眼，就讓誰離開自己的視線，看誰順眼，就讓誰在自己眼皮底下做事。要風得風，要雨得雨，沒人敢提到柳宗元等人的名字。

他們凌人的氣勢，造成朝野衆人避之唯恐不及。

柳宗元曾不滿御史中丞武元衡拒絕加入王叔文陣營，而聯合衆人，將其降職爲太子右庶子；此外，彈劾劉禹錫「挾邪亂政」的御史竇群，一樣沒有好下場。

顯然，柳宗元正在進行政治鬥爭，將抗拒的敵對勢力驅趕出權力核心，以提高政治革新的成功機率。

以今天的社會角度來看，這根本就是一場以王叔文爲首的職場霸凌，排擠討人厭的同事，甚至還陷害不和自己做朋友的同事。

然而打壓武元衡，大概是柳宗元一生做過最糟的決定。

這一位出自於武氏家族的男人，曾被唐德宗讚許：

「元衡是個人才！」（元衡眞宰相器也。）

武元衡本就是一位極爲優異的政府官員，不然怎麼會被王叔文等人看中延攬；而他被降職爲太子右庶子，雖然從事草擬和頒發文書的簡單工作，但卻有機會與未來國君朝夕相處，甚至可能爲自己贏得更寬廣的前程。

果然，囂張沒有落魄的久，笑到最後的才是贏家。

柳宗元應該沒料到，順宗不久因病退位，支持改革的最大力量一垮，權力核心迅速轉移。

太子即位後，武元衡重回御史中丞的職位，不久後便以宰相身分，開始清算過去呼風喚雨的改革勢力。

結局是：王叔文誅死，柳宗元則貶爲邵州刺史，後來皇帝可能覺得處罰太輕，追貶他爲永州司馬。

同一時間，共有八位王叔文集團的重要成員被貶爲司馬，劉禹錫也在其中，史稱「八司馬事件」。

憲宗如此決絕，不給自己老爸順宗面子，過去受重用的大臣皆被貶到偏遠地區，王叔文甚至先被貶、再誅殺，武元衡肯定在其中扮演關鍵角色。

復仇這道菜，果然要冷冷端上才好。

柳宗元不得不吃下去。

## 黑暗，帶我走到更黑暗的地方

柳宗元走到了永州，也走到了黑暗。

〈始得西山宴遊記〉中，柳宗元提到自己充滿疑懼的心情：

「我有罪，我怕死。」（自余爲僇人，居是州，恆惴慄。）

由於王叔文是先被貶、再誅殺，而柳宗元的貶謫地，也曾從邵州又追貶到了更遙遠的永州，這兩件事讓他不由得擔心，自己之後會不會有更悽慘的下場。

死亡，不知道何時來臨。

如果有空閒的時間，柳宗元和幾位朋友會出門踏青，進行一次又一次永州山水自由行。沒有規畫行程，也沒有目的地，能走多遠是多遠，能爬多高是多高。或許是要強迫自己累了、醉了，到了極限，才能好好睡上一覺：

到則披草而坐，傾壺而醉，醉則更相枕以臥，臥而夢。意有所極，夢亦同趣。

大概被貶官之後，柳宗元在陌生的黑夜裡輾轉，總是難以入眠，必須想辦法轉移注意力，不是藉由登山耗盡體力，就是用酒精痲痺自己。即使好不容易睡上一覺，他依舊做著夢，做著不可能實現的夢。

夢，是欲望的反射，也是現實的匱乏。

柳宗元在永州土地上，踏出的每一步都充滿寂寞，每一眼都蘊藏哀傷，每一次的呼吸都是痛。

不同於一般人遊山玩水的輕鬆自在，柳宗元的遊山玩水始終沉重艱難，不僅無法改變眼前的遭遇，更不能抱怨現在的處境。畢竟，身為罪人應該要好好反省，如同被處罰愛校服務的學生，如果嘴裡碎唸著老師不公、同學不好、自己沒錯，肯定會再面臨更嚴重的處罰。

這種壓抑，讓柳宗元不僅失去自由，也失去自我。

他在寫給蕭俛的信上，顯現了這段永州時光的心情：

與罪人交十年，官以是進，辱在附會。聖朝宏大，貶黜甚薄，不塞眾人之怒，謗語轉侈，囂囂嗷嗷，漸成怪人。

柳宗元屈於現實而懺悔過去的努力，貶低自己曾經得到的成就，眼前所有的痛苦與折磨，皆是罪有應得，甚至還不夠痛苦、不夠折磨。

大家會罵我也只是剛好而已！在眾人憤怒的喧譁之中，柳宗元覺得自己逐漸變成一個怪人。

怪人，適合活在黑暗之中。

三十三歲的柳宗元一定覺得陷入無窮盡的黑暗，想從絕望深處中鑿出一道光，自永州的山水之中尋找救贖。

元和四年，九月二十八日的西山傍晚，柳宗元看著太陽緩緩落下，時間和空間逐漸被黑暗吞噬，還有自己也是：

引觴滿酌，頹然就醉，不知日之入。蒼然暮色，自遠而至，至無所見，而猶不欲歸。心凝形釋，與萬化冥合。

他在這一瞬間，明白了生命的遊歷——黑暗之中，你不能改變黑暗，只能習慣黑暗。〈始得西山宴遊記〉最後迎來黃昏後的黑夜，柳宗元不喜不懼，接受如此的黑暗。我們無法在黑暗鑿出一道光，但可以讓自己適應不見五指的世界，彷彿有光。

## 好日子不多，好心情可以多

憂傷有製造日期，卻沒有保存期限。柳宗元不停重複吞嚥自己的憂傷。每次教到〈始得西山宴遊記〉的課文，一定會有不少老師問：

「同學，有沒有爬山的經驗啊？登高望遠有什麼感受？」

坦白講，我也會。自己問完才發現，這真是一個爛問題。視手機如命的少年少女，怎麼可能會想去沒有無線網路的地方。與其問他們有沒有「登高望遠」，不如問他們有沒有「登入玩Game」比較實在。

如果真的有學生去了山上，同時也能體會柳宗元被貶謫的心情，我反而有點擔心他的精神狀況，很可能是班上邊緣人，怕他是不是被同學排擠或霸凌了，班級導師何時要開始填寫輔導紀錄表……

或許，我們應該多問一句：

「柳宗元爬完西山後，憂傷還在嗎？」

答案是：還在。

首先，你想像的爬山跟柳宗元實際的爬山，有很大落差。

柳宗元寫給翰林李建的信中提到，自己覺得煩悶就出門走走，但這個走走，不是隨便走到什麼街邊轉角便利商店，或是山林風景遊樂區，而是承擔相當程度的危險！

僕悶即出遊，遊復多恐。涉野則有蝮虺大蜂，仰空視地，寸步勞倦；近水即畏射工沙虱，含怒竊發，中人形影，動成瘡痏。

永州郊野和水邊有著不少毒物躲藏在暗處，蓄勢待發，三不五時就給你幾點生命値損傷，讓你渾身不舒服。

柳宗元心裡想說但沒說的應該是：

「這些毒物和小人都是一樣的。」

敵人不可怕，可怕的是看不見的敵人。

柳宗元繼續在信上坦白自己的心情：

時到幽樹好石，暫得一笑，已復不樂。何者？譬如囚拘圜土，一遇和景，負牆搔摩，伸展支體，當此之時，亦以爲適，然顧地窺天，不過尋丈，終不得出，豈復能久爲舒暢哉？

從這段文字來看，〈始得西山宴遊記〉中的「心凝形釋，與萬化冥合」，只是暫時的寬慰罷了。像被關在監獄的犯人一樣，遇到好天氣的時候，自己靠著牆磨蹭幾下，順便伸展肢體，當下的感覺十分舒適，但回過神來就會發現：舒服的犯人，還是犯人；好天氣的監獄，還是監獄。

「心凝形釋，與萬化冥合」的罪人，還是罪人。換句話說，柳宗元更像是將憤怒、怨恨、鬱悶、恐懼等負面情緒壓縮在一起，然後包裹在冷靜平淡的語言文字之中。

柳宗元得到了快樂，卻又很快地讓快樂從手中溜走，所謂的「始得」，只不過是瞬間的領悟，而不是長久的感受。正如柳宗元在〈對賀者〉中說的一段話：

嘻笑之怒，甚乎裂眥；長歌之哀，過乎慟哭。

請試著想像你媽媽或女友真正生氣的模樣，那不會是破口大罵、怒目圓瞪，而是笑笑開口：「過來一下，我有話對你說。」

再試著想像，當自己失戀而難過時，不會只是躲在棉被裡哭泣，而是在KTV裡唱著曾經屬於我們的歌。

偽裝成快樂的憂傷，是最憂傷的憂傷。

**一句話複習**

〈始得西山宴遊記〉——「永州健行登山協會活動主辦人。」

## 【厭世國文老師的勸世良言】

黑暗的速度永遠快於光明，
痛苦的重要永遠大於快樂。
為了好好活著而努力，
結果卻讓自己不能好好活著。

日子還是要過，
但每一個日子依舊無比煎熬。
讓時間慢到你無法想像。

於是，我們等待，
靜靜的等待，
似乎可以感覺時間平緩從身邊經過，
順便帶走黑暗與痛苦。

參

# 健身房讀的古文廢話

## ——情感好重——

致相愛又相殺的戀人：

「練肌肉可以舉起槓鈴，

卻無法輕放愛與憂傷。」

虯髯客傳
虯髯客
看你一副窮酸樣
如何把到正妹的？
我沒錢，但我是一位
有夢想的青年
李靖
紅拂女

# 〈虯髯客傳〉——命中註定我和你

【國文課本這樣教】

〈虯髯客傳〉是一篇唐代傳奇，作者杜光庭以李靖、紅拂以及虯髯客三人互動，展開故事劇情，藉由「識人」與「選擇」的過程，最後傳達得天命者，方能成為天子的主題。

【課本不教的古文廢話】

每一個少女心中都有一位得其天命的男子。離家出走的紅拂，決定投奔帥氣聰明的李靖，不僅一見鍾情，更認定他是真命天子，無論虯髯客多麼有英雄氣概，也不能改變紅拂的死心塌地：

「你是我的唯一。」

## 老娘跟定你了

關於異性之間的追求，我們常有這樣的刻板印象：含蓄而溫柔婉約的女人，勇敢為了對方付出一切的男人。但〈虬髯客傳〉中的紅拂，卻顛覆以上模式。

紅拂第一眼就決定了自己未來的另一半。

〈虬髯客傳〉中，紅拂初見李靖時，不過是站在司空楊素身旁的一名家妓，因為手持紅色拂塵，後代戲曲小說據此將她取名為「出塵」，但其實也是頗為牽強的聯想。

紅拂主要的工作內容可能是維持楊素身邊的整潔，但更有可能只是充當一只美麗的花瓶，選擇紅色拂塵的裝飾意義，大於實用價值：

當靖之騁辯也，一妓有殊色，執紅拂（拂塵），立於前，獨目靖。

紅拂站在李靖面前，目不轉睛地看著李靖，在內心衡量這一位雄辯滔滔、不畏強權的男人，究竟是否值得託付終身？

即使紅拂二十未滿，不過是今日大學新鮮人的年紀，但與一般女孩比起來，紅拂的眼光應該高出不只兩座臺北一〇一，畢竟她們大多只見過整天玩手遊的無聊大學男生，或只會不服來戰的白目高中男生。

根據過往經驗評估，李靖對於紅拂來說，就算不是唯一正解，也稱得上是最佳解了。我們永遠無法找到完美的理想對象，而是選擇接近目標的伴侶。

於是，紅拂當下心中響起一陣猶如發現了稀有寶可夢、一心想收服的訓練家歡呼聲：

「就決定是你了！李靖。」

接著，她開始著手規畫離家出走找男人的策略：

而執拂者臨軒指吏，問曰：「去者處士第幾？住何處？」吏具以對，妓誦而去。

想要找男人，總得先知道他家在哪裡，紅拂特地查詢了一下住址，還先問了李靖在家中排行第幾；這一方面應是唐人習慣，也許是文章作者杜光庭爲唐朝人的關係，另一方面則是要找結婚對象，總是要了解一下他在家中的地位嘛。

當晚，紅拂夜奔投靠李靖：

其夜五更初，忽聞叩門而聲低者，靖起問焉，乃紫衣帶帽人，杖揭一囊。靖問：「誰？」曰：「妾，楊家之紅拂妓也。」

凌晨，莫名其妙聽到敲門聲，李靖應該覺得奇怪，整個長安城也沒什麼朋友，到底誰會來找自己？結果發現，是一位揹著包包的紫衣人，看起來和天線寶寶中的丁丁有八成像，還自稱是楊素家的紅拂妓。

李靖不知道是聽到哪一個關鍵詞，可能是「楊素家」或「紅拂妓」，二話不說，趕緊把丁丁拉進房間，紫色外衣脫掉後，藏在裡面的紅拂隨即素顏登場。

自從紅拂想向李靖託付終身，或許不免擔心遭到對方拒絕，於是施展女生的小心機，故意未施脂粉，再搭配性感套裝，試圖製造視覺的衝突感，以此成爲男人眼中「素顏女神」，讓李靖第一眼就被自己的美麗俘虜。

這當然也是要建立在紅拂對於自身條件有十足十的信心，不然，一般人如果凌晨素顏敲陌生人房門，還說自己是曉家少女，對方早就報警：「警察先生，就是這個人！」

李靖看著眼前少女的肌膚、身材、說話、氣質，根本是女神降臨人間，開心地接受了這不可思議的現實。

男人很簡單，可以初次見面愛上妳，只要妳夠美；女人很複雜，爲了初次見面讓你愛上我，想辦法讓自己夠美。

## 暖男的人生哲學

離開長安城的李靖，應該覺得有點彆扭，畢竟本來的計畫是要爲楊素奔走效力，結果沒幫上什麼忙，卻帶走對方府第中的一位家妓，女人果然是影響男人決定的最大推力或阻力。

兩人投宿靈石一間破爛旅店，空間配置毫無任何隱蔽效果，來往旅客皆曝露在彼此的視線底下。

紅拂梳頭、李靖洗馬，虬髯客此時怪奇登場：

> 張氏以髮長委地，立梳床前。靖方刷馬，忽有一人，中形，赤髯而虬，乘蹇驢而來，投革囊於爐前，取枕欹臥，看張梳頭。靖怒甚，未決，猶刷馬。

一位莫名其妙的大鬍子背包客，目不轉睛看著自己的正妹女友，是男人都會覺得不高興。但李靖自己做了誘拐良家少女的心虛事，所以不想也不敢把事情鬧大，只好默默在旁邊繼續洗馬。

紅拂身爲女性的第六感，似乎感知到兩個雄性物種正爭奪雌性物種的微妙狀態，馬上發揮在楊家訓練得來的交際手腕，將原本可能的衝突消弭於幾句話之中，將男女之情轉化成兄妹之情。

這就像現在的國中女生認什麼乾哥哥的，皆是爲了穩定與鞏固彼此關係，或尋求可供依靠的協助與支持。

李靖至此完全沒有任何主見，一開場還能對楊素「騁辯」的男人，自從遇到紅拂之後，完全言聽計從，現在還跟著她一起稱虬髯客爲三哥。

當這位天外飛來的三哥肚子餓或是想喝酒，李靖更乖乖去市場和酒肆採購，可說是隋代貼心暖男。

這樣窩心的行爲，可能會在紅拂心裡多加幾分，但虬髯客卻未必如此覺得，有些不禮貌地問：

「看你一副窮酸樣，如何把到正妹的？」

「我是沒錢，但我是一位有夢想的青年。」

李靖理直氣弱的回覆，讓虯髯客更想再次試探。

「我有帶下酒菜，一起吃吧！」

虯髯客找到放在火爐旁的背包，翻出裡面一顆人頭和一副心肝，然後又默默將人頭收回背包。

這跟黑社會亮槍一樣，擺明是用人頭故意嚇嚇李靖，再以匕首切心肝做下酒菜，和李靖一起分享。

李靖一定心想：前幾天遇見一個怪怪翹家少女，今天又遇見一名怪怪鬍子大叔；少女是正妹就勉爲其難接受了，但鬍子大叔竟然一邊吃人心肝，一邊強調是從負心人身上得來的，我只不過是來一趟長安城找工作，怎麼怪咖老是自動找上門？現在竟然還要吃怪東西。

但身爲暖男的李靖，還是故作愉快地共吃負心人心肝，能保存在虯髯客的背包裡面，大概是醃製過的加工食品，所以味道應該不會太差勁，口感或許接近肉乾之類的零嘴。

完食後，虯髯客的態度產生一百八十度大轉變，剛剛還稱李靖是「貧士」，現在卻變成了「眞大丈夫」。

大概暖男的性格向來含蓄內斂、沉著穩重，需要相處一段時間，才能體會暖男的優點，更何況李靖並非學識淺薄之輩，又是乾妹妹的丈夫，自然要讚美幾句。

蚪髯客接著請教李靖，如何在太原尋找「異人」：

「亦知太原有異人乎？」

「何姓？」

「年幾？」

「今何爲？」

「李郎能致吾一見乎？」

原本氣勢壓過全場的蚪髯客，竟也有事相求，他與李靖一開始的劍拔弩張，已不復見，甚至兩人在此刻達成某種共識，認爲未來的希望皆在這一位太原異人。

李靖不僅溫暖紅拂，也溫暖蚪髯客，溫柔地理解兩個神經病的心情與感覺，即使他從頭到尾皆在驚懼之中。

這就是暖男的人生哲學：無論你多奇怪，你若需要我，我都在。

## 英雄放下執著，不會放棄努力

虬髯客能夠堅持十年追殺一名負心人，但見到李靖卻放棄追求紅拂的可能；之後見到李世民，則是放棄追尋帝位的機會。

堅持與放棄之間，虬髯客是透過一雙「慧眼」進行抉擇。他看紅拂梳頭、觀李靖儀形，又見李世民神態，虬髯客不需要太多的言語或行動驗證，只需要一眼就已足夠。

但問題在於，虬髯客又不是《七龍珠》漫畫裡的賽亞人王子，可以戴上偵測戰鬥力的高智能眼鏡「史考特」，將紅拂、李靖、李世民的屬性數值一覽無遺。這一位姓張、行三的奇怪鬍子大叔，究竟如何確信自己的識人眼光？

如果紅拂的眼光是在楊素宅中閱人無數而來，那麼虬髯客應該是在江湖裡千錘百鍊而成，相信他一定見過不少奇人怪傑、英雄美人，更以「異人」分別形容紅拂與李世民。以虬髯客的社會經驗來看，能被稱為「異人」的應該眞有特殊獨到之處；至於李靖可能未必獨特，但勉強算得上是「眞大丈夫」吧！

即便如此，虬髯客對於品鑑眞命天子的面相，卻不是胸有成竹，甚至是想再搏最後一個確認：

「吾見之，十八、九定矣，亦須道兄見之。」

面對未來事業成敗的抉擇，他仍需多加一道檢驗手續，在李世民第二次現身時，來幫忙進行驗證的道士「一見慘然」，感嘆一聲後，便「罷弈請去」。至此，虯髯客相信自己的確沒有與李世民爭雄的資格。

虯髯客放棄紅拂，只在一句話之間；放棄天下，也在一句話之間。

此文作者杜光庭爲這樣的放棄下結論：

乃知眞人之興，非英雄所冀。況非英雄乎？

眞命天子的出現，即使是英雄亦無法與之抗衡，不是英雄的一般人更應該早點洗洗睡，別痴心妄想不屬於自己的東西。

這自然是將虯髯客視爲英雄，英雄不需天命加持，只需學會放棄。

或許，身爲道士的杜光庭，是以虯髯客的決定，來印證道家莊子哲學：

至人無己，神人無功，聖人無名。

先有自己，再忘記自己；先有功勞，再丟掉功勞；先有名望，再拋開名望，一無所有的人，沒有放棄的能力，曾經擁有一切的人，才有機會清空自己，然後裝入不同的人生。

故事中，虯髯客不是沒有與李世民爭雄的實力：

「某本欲於此世界求事，或當龍戰三、二十載，建少功業。今既有主，住亦何為？」

身為英雄沒有天命，卻有使命；英雄放下執著，不是放棄努力。

虯髯客決定退出，是為了讓戰亂有機會提早結束，省去三、二十年的動盪。他甚至將自己的家產全部送給認識沒幾天的李靖夫婦，接著重建未來願景，然後往東南數千里之處，展開另一段宏圖霸業。

放棄不是停止，而是為了再一次前進。

**一句話複習**

**〈虯髯客傳〉——「女子和男子，還有一把鬍子。」**

# 〈諫太宗十思疏〉——因為你，我說真話

【國文課本這樣教】

初唐，魏徵上疏勸諫太宗必須居安思危、積其德義，並且提出「十思」建議，期待太宗依此做為治國方向，方能長治久安。

【課本不教的古文廢話】

自從魏徵離開李建成、無縫接軌唐太宗之後，走著一種說話超直白路線。不管唐太宗發生什麼事，或犯了什麼錯，貼身小祕書魏徵總會直指問題所在，不斷提醒這位唐朝總裁，彷彿是一部名為《直白祕書訓總裁》的言情小說劇情：

「我說話比較直，但我沒想說對不起。」

## 嫵媚的男人

魏徵被唐太宗李世民說成是一個嫵媚的男人。

根據《新唐書》記載，太宗、魏徵、長孫無忌等人，曾在名爲「丹霄樓」的餐廳一起吃飯，店名有帝王居所之意，一看就知道是政商名流最愛的高級餐廳。

酒酣耳熱之際，太宗忽然拉起一旁的長孫無忌，開始緬懷與隱太子李建成的政治角力。想起眼前的魏徵、王珪等人，皆曾是敵對陣營的一員，原本勢不兩立的人馬，如今卻能夠共處一室、把酒言歡。原諒別人不容易，原諒敵人更是困難，太宗爲自己的寬宏大量，感到十分驕傲。

但身爲一位自認英明神武的領導者，太宗對於魏徵的工作態度多有抱怨。只要太宗不聽魏徵建議，之後無論太宗講什麼，魏徵一概來個相應不理、已讀不回，擺明是一段猶如情侶之間的冷戰關係。

太宗無法理解這樣的溝通方式，認爲自己並不是一個無理、無情、無腦的國君，如果自己連之前的舊怨都能放下，魏徵爲何不能也對自己寬容一點：

「爲什麼每次我不聽魏徵的話，他就不理我了？」（徵每諫我不從，我發言輒不即應，何哉？）

所以，太宗向長孫無忌提出疑問，希望這一位從小到大就在身邊的好友，能夠給予解答。

長孫無忌在太宗尚是秦王身分時，兩人就已經一同南征北討，之後更運籌帷幄，策畫發動玄武門之變，讓太宗順利登基。長孫無忌的一比一眞人等比例海報，還被太宗掛在長安城凌煙閣之中。

如果太宗要在整個大唐找一個最了解自己與身邊關係情勢的人，肯定非長孫無忌莫屬。即使如此，長孫無忌面對這突如其來又莫名其妙的問題，心中OS一定是：

「你問我，我擲筊嗎？」

當長孫無忌左右爲難的時候，魏徵自己先跳出來說明了：

「如果馬上回應，本來必須否決的事情，會被你這樣笑笑帶過去。」

太宗聽了，頗不以為然，覺得魏徵你好歹也假意先答應幾句，有什麼事情我們可以私下好好再商量嘛，否則每次都讓他面子掛不住、下不了臺。

魏徵翻翻白眼，覺得眼前這人到底有沒有讀過書？有什麼事情應該當面說清楚，而不是在背後竊竊私語、私相授受吧。

魏徵坦白道：

「我是一個有話直說的男人。」

這一段剖心言論，讓太宗哈哈大笑：

人言徵舉動疏慢，我但見其嫵媚耳！

「嫵媚」二字竟用在形容一名有話直說的中年男子身上？怎麼想都應該用「勇敢」「正直」「堅強」等比較陽剛的詞語，但太宗硬是稱魏徵「嫵媚」。大概是酒喝多了，出現了斷片狀態，語言邏輯暫時性錯亂，橫看豎看魏徵都不會是姿態嬌柔可愛的模樣。

但魏徵那該死的、無處安放的「媚」力是什麼？或許是太宗從未見過如此直陳敢言的男人，而這樣的率眞，在別人看來是一種傲慢，但在太宗眼裡卻是一種傲嬌。
剛硬強橫、挑戰權威的態度，正是太宗欣賞且重視的人格特質。
在這裡，所謂「嫵媚」成了一個中性詞語，並不是曲意逢迎，而是善體人意；更未必要是嬌柔可愛，而是溫暖可親，無論發生什麼的矛盾與頂撞，皆會被眞誠的愛給包容。
面對這樣的讚美，魏徵拜謝：

陛下導臣使言，所以敢然；若不受，臣敢數批逆鱗哉！

魏徵愼重地輕放太宗的愛意，告訴他：
「因爲有你，我才敢如此做自己。」

## 不是為你好，是只有為你好

有話直說，向來是魏徵作風。

貞觀十一年，魏徵曾上疏勸諫太宗記取歷史教訓，過多的建設與繁重的勞動，只會傷害國家與人民。

他認爲，長安城的都市更新不必急於一時，老宅與新房雜處也算是一種大唐美學，整建、維護的基礎工作完成即可，應該避免大興土木的改建工程，或是浮誇虛華的裝飾藝術。

太宗大概正在享受「模擬城市：大唐長安城」的眞實體驗，喚醒自己沉睡已久的城市設計職人魂，對於魏徵的建議置若罔聞。

同月，魏徵再上一疏，即是高中國文課本的〈諫太宗十思疏〉。

一連兩疏，魏徵或許有些急了，覺得必須趕緊向太宗解釋事情的嚴重性。正處於復原階段的大唐無法承受更多的人力與物力耗損，統治者的決定會影響國家未來。

如果早前一疏是闡述維持現狀的必要性，那麼現在這「十思」之疏，則是嘗試建立理智的可能性，透過具體的方式克服欲望、權力、享樂、迷惘、好惡等五項人性弱點。

第一疏告訴太宗「你錯了」，第二疏則安慰太宗「不是你的錯」。

魏徵覺得必須讓太宗知道自己爲什麼想要，才能做到爲什麼可以不要。每個人心中皆有只欲望的鐘擺，在想要或是不想要之間來回晃盪，我們無法阻止變動，但可以觀測變化，然後試著走慢每一次的渴求與期盼。

後來，太宗親手寫了詔書答覆魏徵，不僅嘉勉魏徵屢次上疏的忠誠，更以晉代丞相何曾做爲負面教材，若在背地裡大放厥詞，實不足取，魏徵能當面直言勸諫，實是難能可貴。

何曾顧及武帝，不願當面說；魏徵顧及太宗，堅持當面說。

所以太宗坦然承認過錯，用寬廣平和的心胸等待魏徵的每一次提醒，手詔上還寫著：

當置之几案，事等弦、韋。必望收彼桑榆，期之歲暮，不使康哉良哉，獨美於往日，若魚若水，遂爽於當今。

弦、韋分是弓弦與柔皮，都是用來配戴在身上的物品，目的是提醒自己行事勿緩勿急。太宗視魏徵的上疏如弦、韋之物，時時放在身邊，不敢稍忘。

最後太宗更說：

遲復嘉謀，犯而無隱。

抱歉，我太晚回覆你的訊息。希望你能繼續把所有心裡的話，無論我想聽或不想聽的，也請務必說給我一個人聽。

願意對你說實話，是爲你好；願意對你說難聽的實話，是勇敢爲你好。

## 喜歡你，也討厭你

太宗被魏徵愛，同時也愛魏徵，兩人是如此認同彼此。魏徵以直言表達肯定，太宗則以虛心接納忠誠，這樣的互動不僅建立在以政治搭建的橋梁之上，偶爾也會穿越橋梁的縫隙。

太宗的妻子文德皇后生了一位小公主，這位小公主後來差點成魏徵的兒媳婦。太宗開心地請諸位大臣一起吃滿月酒，這應該是流傳於唐代的一種習俗，唐高宗還曾在兒孫滿月時，「大赦兼賜酺三日」，除了赦免犯人之外，更特許民間連吃三天三夜流水席。

鏡頭回到太宗女兒的滿月酒，這時的魏徵看起來有點不開心，原來他被歡天喜地的太宗強迫參與一場圍棋賭局。魏徵兩手一攤說：

「我沒錢。」

魏徵繼續說不要，但太宗硬是要：

「朕知君大有忠正，君若勝，朕與君物；君若不如，莫虧今日。」

太宗直接開出條件：

「你贏，我給錢；你輸，我當沒這回事。」

魏徵拗不過，只好勉爲其難拿起棋子，開始你一來我一往的對弈。不出幾分鐘，太宗忽然宣布對方勝利，魏徵一頭霧水，比賽才剛開始，棋子還沒拿穩，竟然莫名其妙贏了。

太宗願賭服輸，賞賜魏徵等同一臺高級跑車附眞皮方向盤與座椅的駿馬。或許，太宗只是想趁著歡慶的場合與輕鬆的氛圍，以假賭博、眞送禮的方式，將喜悅分享給身邊最親密的那一個人。

人與人能夠融洽，往往是性格互補，可能是胡人血統的關係，太宗言行舉止總有些淘氣，不是向旁人炫耀自己的知識，就是張揚自己的功勞，甚至還想出些異想天開的主意；相較之下，魏徵不免嚴肅端莊，因爲他知道自己存在的最大價值，是爲太宗在不自覺加速前進的時候踩下剎車。

貞觀十七年，太宗夢見了魏徵。隔日清晨，魏徵病逝，家裡留著一張未寫完的信紙：

情有愛憎，憎者惟見其惡，愛者止見其善。愛憎之間，所宜詳慎。若愛而知其惡，憎而知其善，去邪勿疑，任賢勿猜，可以興矣。

魏徵仔細地叮嚀太宗，喜歡一個人也好，討厭一個人也罷，喜歡時記得看一下對方的缺點，討厭時也要記得看一下對方的優點。從愛，才知道惡；從憎，才發現善，然後明白人就是這樣複雜的組成。

太宗擔心沒有牢牢記住魏徵最後的諫言，要求身邊的公卿侍臣將這段文字寫在笏上，代替已逝的魏徵指正自己可能犯下的過錯。

逝者已矣，生者卻未能忘情。太宗常登上凌煙閣，看著魏徵等比例眞人大小海報，或許還順便看了一下放在左右兩側的杜如晦和房玄齡海報，但太宗的主要目的，是在魏徵海報前賦詩悼痛一番，這樣過度深情的舉動，也引來旁人忌妒。

據《新唐書》記載，已逝的魏徵先是被扯進杜正倫和侯君集謀反事件，再被控訴生前先將自己的諫言給史官褚遂良，不符規矩的做法觸動了太宗的兩條敏感神經：安全感與信任感。

於是，太宗毀棄自己的承諾，停辦衡山公主與魏徵之子叔玉的婚事，再推倒親手撰文的魏徵墓碑，彷彿是要割捨長年累積的情感：

「我對你這麼好，原來你都在騙我。」

不久，太宗率軍十萬，親征高句麗，無功而返。回程的路上，太宗悵然說：

魏徵若在，吾有此行邪！

他想起魏徵的好，只有這樣一個嫵媚的男人，會及時拉住失控的自己，或許也不經意想起之前那一張紙條的文字：

愛憎之間，所宜詳慎。

喜歡你，也討厭你，仔細想想，我還是決定喜歡你。

太宗復立其碑。

**一句話複習**

〈諫太宗十思疏〉——「一件事情，你有沒有想十次？」

# 〈琵琶行〉——不好意思，我也受傷了

【國文課本這樣教】

〈琵琶行〉是中唐白居易貶為江州司馬時的詩作。內容透過琵琶女的彈奏過程和生活閱歷，藉此抒發自己「昔盛今衰」的感嘆。

【課本不教的古文廢話】

元和十一年秋，調職偏鄉的白居易在江邊送客人離開時，忽然聽到有人在彈琵琶。他隱約聽出是故鄉的曲調，忍不住靠近搭訕幾句，才發現是一名過氣知名女藝人，現已嫁作人妻。

本來只是想重溫舊時曲調的白居易，發現兩人的遭遇一樣悲慘：

「妳難過嗎？我也是。」

## 最強家庭教師——中唐戰神「白目」易

眼淚是傷心的替代品，彷彿是在驅使某些人承認自己的痛苦與難過一樣，工作的失敗、愛情的消逝，以及美好的失去，總是讓眼淚無法停止。

〈琵琶行〉中的白居易和琵琶女彼此舔舐傷口，他們是生命旅程中的苦難者，同時也是快樂的哀悼者。

被貶爲江州司馬的白居易，本來覺得恬然自安，但聽完琵琶女的自述與樂音，赫然發現，自己心中竟有了「遷謫意」。本來沒有傷心，後來卻傷心了。

白居易可說是努力型天才，二十九歲就考中進士，是當時同榜進士中最年輕的一位，這跟應屆大學畢業生通過公務人員高等三級考試差不多厲害。

無論古今，考上公務員代表得到一份穩定工作，更何況進士一科在當時備受尊榮，白居易根本已經一腳踏進成爲未來政治明星的逐夢大道之上。

爲了更上一層樓，白居易和好友元稹組了讀書會，再跑去考「才識兼茂明於體用科」。

唐代考試可分爲常舉和制舉。常舉就是定期舉辦的考試，像是進士和明經，制舉則是不定期舉辦的選拔特殊人才的考試，「才識兼茂明於體用科」即是如此。

簡單講，常舉考試難，制舉考試更難，錄取率比教師甄試還低，但是待遇好、升遷快；常舉考完還要等分發，制舉考完馬上給你官職和薪水。

白居易和元稹就以通過制舉考試爲目標，考試放榜，十八位考生合格，元稹第一，拜左拾遺，白居易第四等，授盩厔縣尉。這兩位根本學霸，PR值99，每考必中，而且還名列前茅。

有趣的是，從李商隱爲白居易寫的墓誌銘來看，他是因「語切不得爲諫官」，也就是講話太直白，所以不能擔任勸諫的角色，諫官這份工作則由元稹搶去了。

李商隱特別提到此事，或許是因爲白居易心中最想獲得的職位就是諫官。兩年後，白居易終於當上左拾遺，也就是一份可以光明正大揭政府瘡疤的工作，終能放膽表達自己對於政治的看法。

彷彿吃了瑪利歐無敵星星的白居易，開始單挑藩鎮和宦官，以及其他政治議題：

有闕必規，有違必諫。朝廷得失無不察，天下利病無不言。

什麼議題都要參戰，根本「中唐戰神」！

如果時空換成今日網路時代，白居易像是一邊從政、一邊當自己網路粉專小編，開始不停發文，在各大網路平臺表達個人意見，三不五十還可能開個直播、唸幾首諷喻詩，當高級酸民。

後來，白居易轉任太子的家庭教師之時，宰相武元衡上朝途中遭人刺殺，白居易不改戰神本色，跳出來第一個說要追究兇手，以雪國恥，更要限時破案。

這下大家不爽了：

第一，宰相被刺身亡，干你區區一名家教老師屁事。

第二，你把諫官的工作搶來做，顯得諫官很沒用。

第三，有些兇手，政府是追究不起的。

第四，追究不起，怎麼可能限時破案？

第五，上朝途中被殺，皇帝面子也掛不住。

白居易短短幾句話，讓自己立場變得尷尬，從皇帝到大小官員一路得罪光了。懲罰不了幕後黑手，懲罰白居易總是可以的。如果我是憲宗朝廷的政府官員，一定會暗罵白居易是「白目」易。

大家羅織了一些罪名，貶白居易爲州刺史；又嫌太輕，追貶江州司馬。我相信朝野應該是難得有共識，送「白目」易出遠門。

白居易得知被貶，應該不會太難過，又不是第一年當官，早該知道有此戰果，並不意外。君子求仁得仁，所以貶謫至江州兩年，依舊恬然自安。

直到某一天夜裡，他遇見一名彈著琵琶的女子，聽其身世漂淪憔悴、不禁同情憐憫的時候，才驚覺自己也是該被同情憐憫的失敗者。

受傷兩年的心，到此刻才緩緩流出血和淚。

## 網紅不好當

生命是苦難，而我們無法逃離。

〈琵琶行〉省略了兩句話：一句是請求，一句則是疑問。

秋夜，白居易於江邊送客，聽見水面上有人夜彈琵琶，錚錚然有京都聲，難得聽見熟悉的家鄉音律。

尋聲、闇問、移船、邀請，然後提出一句請求：

「可以爲我們彈奏一曲嗎？」

所謂千呼萬喚，句句其實皆是渴望音樂的吶喊，也只有如此喜愛音樂的白居易，才能夠明白琵琶聲中的曲折與動人。

白居易覺得耳中聽見的每一個音符，都代表著「思念」與「不得志」，就連停頓處，都別有「幽愁闇恨」。

如此心情，是琵琶女的？還是白居易的？抑或是兩人藉由音樂傳遞了訊息，唯有知音才能彼此了解。

所以〈霓裳〉和〈綠腰〉不再是一般人熟悉的曲調，更像是在訴說一個故事，可能是琵琶女的故事，或是白居易的故事。

白居易一定從琵琶聲中明白了些什麼，忍不住提出心中一個疑問：

「妳怎麼會在這裡？」

初次見面的男人如此直接，聽到問題的琵琶女應該有點不知所措，才會不自覺「沉吟」，就是在考慮要不要誠實回答這個問題。畢竟夜已深、人也生，怎麼好意思傾吐真心。

不知道過了多久，琵琶女起身整頓衣裳、收斂面容，準備說出自己的曾經與現在。

簡單講，琵琶女年輕時就等於是現在的網紅美女。人正，又會玩樂器，只要開直播，就破萬人收看，一堆富二代還搶著抖內（注：源自英文「Donate」贊助、捐獻之意）送禮物，偶爾辦個琵琶演奏加見面握手會，整個場面完全失控，大家嗨到不可思議的地步。

為了炒熱氣氛，還像搖滾樂團一樣，開始摔自己吉他或貝斯，只是琵琶女是摔自己的髮飾或梳子，然後酒一瓶一瓶開、一杯一杯喝，身上都是酒精和糜爛的味道，根本令人羨慕的墮落生活。一樣是賣笑又賣藝，當紅網路美女就硬是比高中老師賺得還要多。

不過，青春年華總會逝去。可能就在某一天，開直播只有小貓兩三隻在看，也沒人幫她辦琵琶演奏加見面握手會，總會有更年輕、更美麗、更有才氣的女子出現。

琵琶女驚覺自己不再像從前一樣受歡迎，然後親人一個一個離開，最後不得已，只好找個商人當做自己終身的依靠。有錢，但沒有愛，今夜依舊孤單寂寞覺得冷。

琵琶女即使年長色衰，一定仍想用最美好的樣子迎接自己丈夫，所以帶著妝容等待再等待，直到睡去：

夜深忽夢少年事，夢啼妝淚紅闌干。

同是天涯淪落人，相逢何必曾相識。

座中泣下誰最多，江州司馬青衫濕。

我猜想，琵琶女應該夜夜如此。

白居易遇見琵琶女的這一夜，不過是千百個孤單寂寞的一夜罷了！白居易一樣孤單寂寞想被愛，卻又無人傾訴。他開始哭，是哭昔盛今衰，更是哭生命的不可預期。

最難過的是，還要好好活下去。

## 悲傷可以治癒悲傷

現在的悲傷，來自過往的歡笑。

待在江州兩年後，白居易才發現原來自己如此難過。

他或許是想起那個十七歲的自己，正攜著自己的詩文，前往長安城謁見顧況，期待可以得到幾句讚美，好爲之後的考試加上幾分。但老詩人見其年少，竟用「居易」開了房價過高、居住不易的玩笑，自己的心已先染上幾分灰暗。

等到讀完開卷首篇後，老詩人改口道：

「我以爲會讀書的人全死光了，幸好還有你。」（吾謂斯文遂絕，今復得子矣！）

顧況逢人便大力推薦這一名年輕詩人，白居易因此發現自己的作品寫得不僅是好，而且是非常的好。他享受瞬間爆紅的滋味，原來成爲長安城名人是一件如此快樂的事情。

之後，白居易平步青雲，一連幹了幾件大事，像是上奏全免江淮兩賦，以救濟流離失所的貧民，或是阻止節度使李師道買走魏徵故宅，又或是規勸憲宗勿任用王鍔爲宰相。

由於幾次重大政治議題的發言，讓白居易又一次聲名大振，從原本的素人網紅，扎扎實實地變成政治網紅。

然而，成名是一種快樂與痛苦衝突的矛盾經驗，它既吸引所有目光，卻也帶來一切憎惡。但讓白居易處於更加複雜困境的是，政治生涯中得到的讚譽或責難是來自於相同的力量，越往前進，受到的阻力也越大；即使後退，依舊感受到相同的阻力。

琵琶女也是一樣，今年歡笑復明年，只看見華麗的表象，而未發現逐漸腐壞的長安城裡，從不缺乏新穎的誘惑與驚奇的魅力，琵琶女只能看著自己走向衰敗。

走過秋月春風，看盡暮去朝來，名聲詛咒了白居易和琵琶女，再怎麼受人歡迎與肯定，也只能絢爛一時，而無法繁華一世。

沒有任何人的痛苦會比自己受到的痛苦來得巨大。

當白居易遇到琵琶女，無論對方的樂聲如何悲戚，生命又是如何坎坷，他最後也只是耽溺在自己的人生專輯裡，重複播放這一段從完整到崩解的歌曲。

所以〈琵琶行〉後段，白居易提到自己在江州生活的種種困難，又觸及內心深處的哀傷：

住近湓江地低溼，黃蘆苦竹繞宅生。
其間旦暮聞何物，杜鵑啼血猿哀鳴。
春江花朝秋月夜，往往取酒還獨傾。

整個江州也承擔不住白居易無窮無盡的孤獨。

他想要好好愛自己，只不過在此之前，他更需要被愛。唯有愛，可以確認自己沒有被冷落、沒有被拋棄。

琵琶女的出現，讓白居易感受到自己的存在有意義，接受與回應相同的美麗與哀愁，彼此舔舐另一人的傷口。

當你悲傷，化解悲傷的方法，就是找一個與你一樣悲傷的人。

**一句話複習** **〈琵琶行〉——「醉漢騷擾江邊女子硬是要她彈琵琶。」**

# 〈世說新語選〉——當文學女孩遇上普通男孩

【國文課本這樣教】

南朝宋，劉義慶招集文人編撰《世說新語》，是六朝著名筆記小說，內容記錄東漢末至東晉之間的名士故事，共分三十六門，始於〈德行〉，終於〈仇隙〉。

【課本不教的古文廢話】

《世說新語》算是一本古代版八卦雜誌，裡面有不少當時高級天龍人新聞，尤其是王、謝兩大家族的曝光度，往往是社群熱議時事焦點。而當王、謝兩家第二代接班人聯姻新聞一出，必定登上熱搜排行榜第一名。新聞標題大概會是這樣：

「謝道韞結婚了，新郎竟然是他！」

# 文學女孩——謝道韞

處於一個黑暗動亂的時代，最先瓦解的會是愛情。

親密關係的建立，有賴於彼此的溝通與互動，而當雙方的知識、信仰、價值觀，以及家庭教育有著巨大落差時，這將阻絕關懷與尊重的聯繫，如同謝道韞的婚姻一樣。

謝道韞是一個文學女孩，而這要歸於陳郡謝氏的家庭教育。

根據《世說新語．言語》記載，某個下雪的日子，謝安舉辦家庭聚會，向幾名晚輩談談文辭義理，順便玩玩詩歌遊戲。

謝安看見大雪紛飛，忽然開心地吟起一句詩：

白雪紛紛何所似？

詢問在座幾個年輕男女，覺得白雪像是什麼？

先以一句詩問，再用一句詩答，這不僅是要完成「聯句」，更要迅速「聯想」。

這種高雅的家庭聚會，我這輩子沒參加過，通常爸媽只會催促讀書，或是詢問考試分數，誰又會關心彼此看見或思考了什麼？

關於謝安的問題，率先舉手發言的是胡兒，即謝朗，謝安二哥的長子，名氣只比打勝淝水之戰的弟弟謝玄差一點，他說：

撒鹽空中差可擬。

話聲未落，謝道韞接著答：

未若柳絮因風起。

按照中華民國教育史的慣例，通常第一個回答的人，錯誤率比較高，像子路就是一個很好的示範。

這裡不禁要爲謝朗捏一把冷汗，事實上，還眞的應該擔心他，畢竟多數人皆認爲謝道韞的比喻較佳，撒鹽空中不免有幾分俗氣，風吹柳絮則有女子典雅。兩者差距，大概像是要形容假日懶散倒在床上的女友，你說她懶得像豬就不行，但懶得像貓卻能討她歡心。

話說回來，會有鹽和柳絮的差異，在於兩人對雪認知的不同，謝朗看見的是霰雪，而謝道韞則以爲是鵝毛雪。但無論誰的比喻較爲精準，從此故事仍可說明家庭教育的重要性。教育，是從家庭的餐桌開始，而不是學校的書桌。

謝安的家庭教育，大抵採取潛移默化的方式，從以下兩則事例可知：

謝公夫人教兒，問太傅：「那得初不見君教兒？」答曰：「我常自教兒。」

謝安的老婆跟全天下的女人一樣，抱怨自家老公沒有幫忙教小孩，謝安反駁說：「我哪有沒教小孩，我天天都在教小孩。」這句像是沒有回答的回答，意思是自己以身教之，比起只用言語指教要來得困難太多了。此外，謝安還曾委婉規勸侄子謝玄：

謝遏年少時，好著紫羅香囊，垂覆手，太傅患之，而不欲傷其意。乃譎與賭，得即燒之。

謝安擔心謝玄追求奢華浮靡的配飾會玩物喪志，卻顧慮直接指正會傷了對方的玻璃心，決定假裝和他來一場賭局，賭資即文中提到的「紫羅香囊」和「覆手」。等到謝安獲得勝利後，將以上物件全部燒毀，間接暗示謝玄不要再繼續沉迷這些小玩意兒了。

在如此溫和寬厚、雅好文藝的家庭教育中成長，謝道韞自在地展現率眞性格，更培養出深厚的文學底蘊。時人讚譽其「神情爽朗，故有林下風氣」，這是在說她具有竹林名士的風度，而謝安曾稱其有「雅人深致」，形容她對於文學能夠有深刻見解。

所以，當謝道韞說出「未若柳絮因風起」時，眼睛裡應該散發自信的光采，還有不讓鬚眉的巾幗氣概。

謝道韞是一名文學女孩，更是一個懂得做自己的文學女孩。

## 普通男孩——王凝之

王凝之是一個普通男孩，與謝道韞相反，這完全無關於琅琊王氏的家庭教育。

琅琊王氏向來風神俊秀。曾經有客人拜訪王衍，正好遇到王戎、王敦、王導、王詡，以及王澄等人，這幾位皆是赫赫有名的人物，平時要能見上一位也不容易，現在竟然有機會一次全部蒐集完畢，客人回去當然要跟朋友炫耀一下：

「我今天去王家，只看到珠寶美玉。」

興奮程度大概像是路上遇到防彈少年團全員到齊一樣吧！

王家長輩尚且如此，王羲之也不遑多讓。「坦腹東床」的典故大家應該都不陌生。當王家幾名年輕人知道郗家要來挑選女婿，皆用心準備自己的儀容服裝，只有王羲之一個人躺在椅子、露出肚子，然後慢條斯理吃著胡餅，一副已經上網超過二十小時的宅男姿態。

但即便是這種姿態，王羲之依舊順利成為郗家女婿。當時的中軍將軍殷浩還讚美他：

逸少清貴人。

認為王羲之是一位清致高貴的人，而且喜歡他到一種沒有人可以比得上的程度。據此，即使王羲之是一個宅男，也是一位清貴的宅男，遠勝長時間坐在電腦前的你和我。

然而，不知道發生什麼事，一樣是琅琊王氏子弟，更是王羲之的兒子，按道理不像珠玉，也該像黃金，沒有清貴，也要高貴。但王凝之和其他幾位兄弟比起來，就像是路邊撿來的，或是小時候曾經撞到頭，一點也不像王氏家族的一份子。

再加上王羲之的長子英年早逝，整個王家的重擔，遲早要託付在次子王凝之身上，但無論是個性、態度、才華、能力，甚至是言語或行為，幾乎沒有什麼值得一提的地方，不像他的五弟王徽之雪夜訪友卻過門不入，或是七弟王獻之工於書法。

王凝之算不上差勁，但眞的很普通。唯一異於常人的決定與行動，卻讓王凝之失去了性命：

王氏世事張氏五斗米道，凝之彌篤。孫恩之攻會稽，僚佐請爲之備。凝之不從，方入靖室請禱，出語諸將佐曰：「吾已請大道，許鬼兵相助，賊自破矣。」既不設備，遂爲孫所害。

王凝之篤信「五斗米道」，五斗米道又名天師道，此一教派除了服食煉丹，也傳有符咒驅鬼之術。當時同是信奉「五斗米道」的孫恩起兵叛亂，先是殺掉上虞縣令，正準備攻打會稽，而身爲會稽內史的王凝之，他的備戰方法是：

「祈禱！」

如果祈禱有用，我學生考試應該每次都拿一百分，但王凝之就是天眞到相信上天會派下鬼兵鬼卒降臨，協助自己與會稽渡過難關。

一樣信奉五斗米道，孫恩的腦筋靈光許多，知道天地鬼神只能放在心中，前途還是要眞刀實劍拚搏而來。既然整個會稽皆不設防，孫恩當然也不會客氣，旋即誅殺王凝之一門。

王凝之是一位普通男孩，更是一位活在自己世界的普通男孩。

## 當她遇上了他

當文學女孩遇上普通男孩，會發生什麼事？

謝道韞後來嫁給了王凝之，卻並不像正常人的婚姻至少有段蜜月期，等到蜜月期過後才開始疏離和爭執。文學女孩打從一開始就瞧不起眼前普通到不行的男孩：

> 初適凝之，還，甚不樂。

歸寧之日，謝安看到謝道韞回來之後悶悶不樂，自然覺得奇怪。好歹王凝之是琅琊王氏子弟，即使為人稱不上太好，但也不至於太壞，怎麼自己姪女看起來像是被什麼髒東西纏上的感覺？

謝道韞給的回答十分直接：

一門叔父，有阿大、中郎；群從兄弟復有封、胡、羯、末，不意天壤之中乃有王郎！

這大概就是溫和寬容的家庭教育的好處吧！彼此完全不隱瞞自己的眞實想法，能夠進行確切的交流與溝通。

謝道韞根據自己過去的日常爲標準，身邊不是英雄，就是天才，無論長輩或平輩，皆是一時之選，生眼睛還眞的沒看過普通人，說出「撒鹽空中」的謝朗也比王凝之好上太多，直到出嫁後才恍然大悟：

「啊！天地間竟然有廢物。」

不知道謝安當時如何回應，更不知道王凝之要是聽到此話。又是做何感想，大概也只能苦笑以對吧！

可能是個性使然，謝道韞不只對外人嚴苛，對自己的家人也不假辭色：

王江州夫人語謝遏曰：「汝何以都不復進？爲是塵務經心，天分有限？」

謝遏即是謝玄，前面提到曾打勝淝水之戰的英雄人物。但面對如此優秀的弟弟，謝道韞仍有不滿意的時候。當她看見謝玄原地踏步、不求上進的樣子，直接嗆明：

「你是太忙？還是太笨？」

這一位在大雪紛飛時，說出「未若柳絮因風起」的文學女孩，完全沒有像「柳絮」一樣的纖細柔弱，反而果敢堅強、有話直說。相形之下，王凝之顯得平庸昏聵許多。

婚姻，不是只有兩個人的相處，也是兩個家庭的事情，而謝道韞與王凝之的婚姻，更牽扯上兩個家族的地位，可以約略得知王謝兩家的勢力已逐漸失衡。謝家人才輩出，一位嫁進王家的女子，也能目空一切，不僅在家訓弟，出嫁尚能斥夫，即使面對生死關頭，謝道韞依舊展現超越王凝之的氣度與風範。

根據《晉書．列女傳》記載：

> 及遭孫恩之難，舉措自若，既聞夫及諸子已爲賊所害，方命婢肩輿抽刃出門。亂兵稍至，手殺數人，乃被虜。

一樣是孫恩的叛亂，王凝之面對敵寇是毫無任何準備，將生命投擲在不可知的鬼神身上，最後身死敗亡；謝道韞卻是帶著一匹人馬試圖突破重圍，甚至還殺掉數名敵兵，直到氣力放盡才被俘虜。

過程中，還有一段小插曲，謝道韞的外孫劉濤尚小，兵寇正要斬草除根之際，她義正詞嚴阻止，要殺就要先殺掉自己：

「事在王門，何關他族。必其如此，寧先見殺。」

對謝道韞來說，死亡可以破壞彼此的聯繫，讓自己從家族的束縛中解放；死亡亦可以維護彼此的關係，讓兩個不同血緣的家族繼續共存共榮。

最後，謝道韞從刀口中重獲新生，逃出孫恩毒虐的魔掌。曾經死過一次的文學女孩，雖然已不復過去的天真爛漫，但喜愛文學的那一顆心仍舊沒有改變，繼續留在會稽會友、講學、論道。

人總是要面對不同形式的死亡，才有機會重獲新生。

**一句話複習**

**《世說新語選》——「魏晉高級天龍人的日常生活瑣事。」**

## 【厭世國文老師的勸世良言】

不管你是否願意，
人與人之間的情感，
始終如鬼魅般壓在你的肩膀，
反覆重疊在你的胸口，
直到你無法呼吸。

為了愛別人，或是讓別人愛我，
不得不將自己的靈魂託付給另外一個靈魂。
眼淚，是投注情感的高昂代價。

# 肆

# 速食店讀的古文廢話

## ——讀書好煩——

致整天懷疑學這個有沒有用的學生：

「學校的課程是一份套餐，

卻讓你誤以為是自由選、歡樂購。」

勸學
荀子
讀書要像蚯蚓，沒手沒腳還能專心挖洞
別像螃蟹，好手好腳還占人洞穴
哇塞！這樣也行！
黑的都給你講成白的…
眾弟子

# 〈勸學〉——還不趕快進教室

【國文課本這樣教】

戰國的荀子以〈勸學〉一文，論述學習的重要性、環境的影響、學習的目標與方向，以及正確的態度，主要是勉勵天下學子為善積德、為學成聖。

【課本不教的古文廢話】

如果荀子是高中老師，大概會被認為沒有教育愛，因為他不相信自己的學生會乖乖坐在教室裡，所以會制定嚴格的班規，來維持秩序。不過他上課的時候，卻又能以各種生動的譬喻與幽默的舉例，來說明課本上的知識：

「教書不難，教人才難。」

## 拜託，沒事多讀書

如果學生延續在學校求學習慣，在上課鐘聲響起後，才願意開始自己的學習歷程，那麼等於是鎖上了智慧的寶盒。

荀子的〈勸學〉放在全書首篇，跪求天下學子，就算不在教室裡，也要多讀書，更要不停讀書：

學不可以已。

爲了比喻學習不可以停止，荀子觀察生活與自然的狀態，指出靛青這一種顏色，是從藍草中取得，但比藍草更藍；冰這一種狀態，是從水凝結而成，但比水更冷，意思是說：

「學習，可以讓自己不一樣。」

這裡的不一樣，暗指比現在的狀態還要更好的意思；換句話說，學習使得人原本的本性產生變化，甚至可以超越自己。

爲了加強證據的效力，荀子繼續賣弄自然與生活的細微觀察心得，木材和金屬兩項物質經過加工之後，就可以成爲輔助與增加便利的工具；本質是天生的，但變化卻是後天人爲之力造成的，「取直」與「銳利」即是人類賦予物質的功能。物質的功能是被人類製造出來的，這與一開始物質存在的意義已經不同。

這似乎暗示了人類必須經由學習，才能找到自己存在於世上的意義。

荀子爲這幾個比喻，做一小結：

> 君子博學而日參省乎己，則知明而行無過矣。

博學呼應一開始的學習不可以停止，必須廣泛涉獵不同領域的知識，才可以不斷檢驗自己的狀態，如此可以變得聰明，行爲舉止也不容易出現差錯。

換句話說，學習最初的目的，是爲了發現自己的問題，在錯誤出現之前進行改正，避免對他人或社會產生危害。現在的人常忘記這樣的意義，反倒是利用知識與學問先對他人進行過多檢討，期待對方或社會成爲自己理想的模樣。

世界是不斷運作的機器，不要忘記自己也是當中一個重要零件。

荀子繼續闡述親身經驗的重要性，認爲沒登上高山，不知道天有多高；沒面臨深淵，不知道地有多厚；沒聽聞聰明人的言論，不知道學問有多大。與其自己憑空胡思亂想，不如穿梭在自然與人文的空間與記憶。荀子眞正想說的是：

「你不夠聰明，拜託快去讀書。」

未知，是一片無邊無際的海洋，若以自己爲圓心，經由不斷學習，向外拓展知識的範疇，隨著時間與經驗的累積，這個知識的圓逐漸擴大，最後碰觸的未知也就越多。

當我們看得越多、懂得越多，才會發現自己知道得越少。

所以，知識無窮無盡，學習不可以停止。

荀子從自然、人文回到人類的觀察：

生而同聲，長而異俗，教使之然也。

嬰兒的哭聲不因各地語言差異而有區別，但教育是一種要求，要求嬰兒從相同的框架裡跳脫出來，然後受到不同地方的風俗習慣影響而有差異。

教育，讓你不一樣。

荀子引用《詩經》，繼續拜託大家不要停止讀書：

嗟爾君子，無恆安息。靖共爾位，好是正直。

大意是：各位啊！不要懶惰，認清自己，試著做一個好人。

如果照著以上的建議，神明會保佑你。拜託，多讀書；自助，才有天助。

荀子不是要你成爲優秀的人，也不是要你成爲有用的人，只是要你懂得照顧好自己。

## 笨沒關係，至少要專心

如果人們忘記行動的話，思考的價值終將趨近於零。

關於學習的態度，荀子發現問題是：「想太多，做太少。」

學習者必須使盡各種方法保有他的「工具」，節省消耗的時間、體力，以及降低錯誤的機率，同時也增進行動的次數與品質。荀子曾以幾個比喻形容工具的重要性，然後指出：

君子生非異也，善假於物也。

人與人之間沒有太大不同，導致成就出現高低落差的原因在於：是否善於利用工具。每一個常思考與行動的人，總會生出一個念頭——如何學習才能更進步？爲數衆多的學者提供了他們的研究報告，讓我們知道更有效率的學習方法，以及創新多元的學習技巧。

學習的成效好壞，並不全然只是工具的利用，也有環境的取捨。荀子認爲，再堅固的鳥巢，也不能搭建在蘆葦之上；白沙混進黑土，不能再恢復原狀；香草浸泡在尿液之中，也會臭到讓人退避三舍。本身的資質再好，依舊可能受到環境影響而變得糟糕。

從相反的角度來看，好的環境與其中必然出現的好人，一定能幫助自己更進步：

故君子居必擇鄉，遊必就士，所以防邪辟而近中正也。

你該怎麼選擇呢？吵鬧或是安靜的教室、玩樂或是讀書的同學、嚴格或是寬容的老師？根據荀子的指引，我們要決定的是好的、善的，以及有助益的，但麻煩在於，如何分辨眞正的好或不好？荀子的解答是：

君子慎其所立乎！

避免錯誤選擇與行動而招致禍患與屈辱，我們只能夠小心謹慎地注意周遭環境，對學習之神表示敬畏，在無數個失眠的夜晚，思考有關開始與結束的徵兆。如果這樣做太費力，也可以觀察自然現象與日常生活，然後從中得到一些啓發。

這樣一來，就如同你走進便利超商，店員的微笑已經在迎接著你了！

但是，荀子的觀察與思考也有出現問題的時候：

螾無爪牙之利，筋骨之強，上食埃土，下飲黃泉，用心一也。蟹八跪而二螯，非蛇蟺之穴，無可寄託者，用心躁也。

大意是：「蚯蚓很專心，螃蟹不專心。」

荀子根據的理由是蚯蚓沒有爪牙，但卻可以不停挖土，所以這樣是代表專心；螃蟹有很多的腳，但他沒有別人的洞穴就沒辦法自己挖土藏身，所以這樣是代表不專心。

學蚯蚓，不要學螃蟹。

荀子將個人觀察上升到社會共識的地位，進而得出不符現今生物知識的理解與道理。但任何的批評，即使是當面質疑荀子應該也是無效，因為在〈勸學〉一文之中，荀子說了算。

關於專心，荀子還引用《詩經》作為例證：

尸鳩在桑，其子七兮。淑人君子，其儀一兮。其儀一兮，心如結兮。

白話翻譯是：布穀鳥在桑樹上，有七個孩子。

到底布穀鳥有七個孩子怎麼牽扯到專心的？《詩經》的聯想力實在太豐富了。但沒關係，在荀子建構的〈勸學〉世界裡，明白了什麼道理要比看見了什麼生物更重要。記住，學習要專心。

## 知識的終點是禮儀的建立

〈勸學〉充分展現荀子自己對於自然觀察與生活體驗的熱情。

荀子試著用具體事物描述抽象概念，說明「學」這件事情的重要性與工具性，再闡述如何藉由環境選擇與心理素質製造優勢；他又從累積、持續、專心三者指引一條正確的道路，最後勉勵眾人要等待成功的到來：

爲善不積邪，安有不聞者乎！

換句話說，做一個好人是純粹的意識，一種持續向外延伸的狀態，與他人產生善意的連結。我認爲課文如果結束在此，可能會是比較好的處理。

但是，高中課本卻把這段刪掉大半，只告訴學生要「學到死」，而不是「學什麼」，要以「聖人」爲目標，卻忘記提醒學生要以「好人」爲基礎。

要刪就應該刪得乾脆一些，像這樣將完整文本變得支離破碎，讓教師與學生持續進行斷章取義的工作，一邊想盡辦法爲荀子找一個解釋；另一邊則想盡辦法爲荀子找一句髒話。

在此之前，荀子使用不少例證說明道理，根本是一道豐盛的類比拼盤，包括日常用品、交通工具、科學技術、自然景觀、動物植物、服飾穿搭、語言學研究，以及詩文歌謠等。

當然，以今日的口味來評價荀子的類比拼盤，應該會像是烹飪實境秀《地獄廚房》裡的戈登．拉姆齊一樣，以極爲難聽的字眼形容難吃的菜色：

「這是什麼大雜燴，嘗起來像是廚餘。」

但是，荀子面對世界時，沒有破壞的意圖，而是有意建構屬於自己的秩序，展現學習的重要性與完整性。

接下來，荀子闡述具體的學習步驟，認爲從《詩經》《尚書》開始，再以禮作結，並且將讀書人分成：士、君子、聖人三種等級。好比電玩遊戲角色人物升級一樣，得到經驗值越多，就能晉階到下一個高等職業；讀書人學習的知識越多，就可以從士的基礎到達聖人的境界。

這是一個看得見的終點，掩藏在知識之海中的終點。荀子的〈勸學〉開啓衆人內在的學習動機，不讓每一個人局限在黑暗的島嶼之中，而是安排書籍做爲船隻向終點航行。

學習的歷程總是辛苦的，荀子承認這是永無止境的過程：

眞積力久則入。學至乎沒而後止也。

然而，每一個人與知識的相遇，消除了對於知識的懷疑與恐懼，尤其是累積努力而領悟知識的喜悅，讓人們對於知識的追求包含了最大的可能，也就是「到死爲止」。

荀子進一步解釋「禮」是：

法之大分，類之綱紀。

可從此分辨行爲的合宜與不當，甚至當成是生活狀況的類比原則。

荀子強調：

學至乎《禮》而止。

知識的終點是禮儀的建立，套用電影《金牌特務》的一句話：

「禮儀，成就不凡的人。」

荀子沒有穿上西裝，但一樣是將禮儀當成制服。制服需要合身的剪裁、舒適的質料，才能讓身體自在的行動；禮儀則是需要合理的學習、持續的累積，才能讓心靈自在的思辨。

最後，做一個讓自己和他人感到舒適的好人。

**一句話複習**

**〈勸學〉——「還不快去讀書。」**

# 〈岳陽樓記〉——作業借我抄一下

【國文課本這樣教】

范仲淹〈岳陽樓記〉係以一幅《洞庭秋晚圖》為線索，描寫遷客騷人的雨悲晴喜之感，並且抒發「先憂後樂」的道理，藉此勸勉遭貶的滕子京。

【課本不教的古文廢話】

范仲淹可以說是北宋政治圈資優生，才華高、能力好、交友廣，更是家貧苦學成功的勵志楷模，當他看到同學滕子京的政治考卷出現不及格的分數，總是會輕聲安慰他：

「來，這份考古題借你練習。」

# 倒楣鬼的好朋友

學習是一種模仿，這讓許多人陷入焦慮之中：選擇什麼樣的對象行動？判斷什麼樣的行動正確？思考什麼樣內容才算有價值？

面對這樣的困惑與不安，范仲淹認爲，要依循前人那一顆火燙的仁心。〈岳陽樓記〉正是要指引滕子京走在前人走過的道路之上，要他別害怕。

范仲淹與滕子京兩人是同科進士，私交甚篤。年紀稍長、官運較佳的范仲淹，時常幫滕子京介紹工作，像是幫忙修築堤防，或是負責審理刑獄案件。

但滕子京的運氣總是比較差，好不容易進入中央政府機構工作，竟然遇到宮中兩次大火，又被豬隊友拖累，最後被降爲負責監督酒業行銷買賣的基層公務人員。

兄弟不問對錯，只問挺不挺；贏要一起狂，輸要一起扛。

范仲淹不在乎滕子京的失敗，依舊支持這一位相識已久的好友，還特地跑到滕子京工作的地方，陪他四處遊山玩水，逃離生活的壓力與不滿。

但滕子京眞不是普通倒楣，在他擔任涇州知州的時候，遇到北宋強敵西夏侵略。因爲北宋將領的愚蠢決策，導致西夏軍隊一路殺至渭州，身在涇州的滕子京準備迎擊已經近在咫尺的西夏軍隊。想當然滕子京是心驚膽戰、舉步維艱，結果依舊是好兄弟范仲淹替他解圍。

人可以沒有智慧、能力、運氣、財富，但不可以沒有朋友，尤其是擁有智慧、能力、運氣、財富的朋友，他會在危急存亡之時拉你一把。

後來靠著范仲淹的推薦，滕子京接任原本范仲淹擔任的慶州知州職務，但又遇到倒楣事。有人指控他之前在涇州與西夏軍隊對峙時，挪用公使錢十六萬貫，簡單來說，就是在不該使用的地方濫用政府核發的特別費。

在眞相未明的時候，滕子京又做了一個錯誤決定：

恐連逮者眾，因焚其籍以滅姓名。

滕子京居然燒掉帳簿名冊、破壞文書證據，以避免牽連相關人等！但當時擺明有人想要將事情鬧大，認爲滕子京焚毀物證是作賊心虛，於是進行大規模搜查，將不少有嫌疑的人關進監獄，聽候審判。

范仲淹再一次伸出援手，替滕子京辯護：

「我們家子京很乖，一定是他不太會算錢。」

范仲淹開啓會計師模式，幫忙一筆一筆算清楚公使錢的來源與開銷。首先是不可能會有十六萬貫的巨款可供使用，裡面包含了其他相關經費；再者，公使錢本來就是拿來招待、救濟、應酬之用，滕子京拿來犒賞過去曾協防涇州的軍民，尚算是合理使用範圍。

不只是范仲淹，連歐陽修也來幫滕子京說話，再次應證朋友和朋友的朋友的重要性。

結局是：滕子京官降一級，貶知鳳翔府，後又貶到虢州。

按道理，這齣爛戲應該準備落幕，但御史中丞王拱辰繼續上奏：

「處罰太輕了。」

爲了此事，王拱辰以辭職威脅皇帝，甚至眞的說到做到，弄得場面十分難堪。

皇帝不得已下詔：

徙知虢州滕宗諒知岳州，用御史中丞王拱辰之言也。

於是，滕子京最後貶到岳州，走向另一條未知的人生路。

兩年後，范仲淹以虛構的想像，勸慰滕子京眞實的苦難。

## 作弊要靠第一名

榜樣，可以修正不小心走偏的人生。

滕子京個性豪爽、不拘小節，是一個喜歡請客吃飯的大叔。被貶謫岳州一事，或許對他造成很大的心理陰影，需要轉移注意力在公務上面，於是他決定修建岳陽樓。

土木工程需要大筆經費，之前因挪用公款被彈劾的滕子京，爲了避免重蹈覆轍，將腦筋動到民衆身上：

宗諒知岳州，修岳陽樓，不用省庫錢，不斂於民，但榜民間有宿債不肯償者，獻以助官，官爲督之。

滕子京身爲地方官，主動當起討債公司，追回民間積欠的債務，再將這一筆金錢捐獻給岳州市政府修建岳陽樓，成效極佳。畢竟政府帶頭要錢，誰敢不給？後來竟募集一大筆數字不小的金額，應該足夠再多蓋一棟岳陽樓。

所以，岳州「政通人和」的原因，是靠著政府幫人民討債而來，當地居民倒是對此做法不以爲意，反而讚美這樣的辦事效率極佳。

據此，范仲淹希望藉由重修岳陽樓一事，鼓勵好友堅持自己的意志與理念，不要放棄過去那一個「倜儻自任、好施與」的滕子京。

〈岳陽樓記〉提到：

不以物喜，不以己悲。

不因外在環境的變化或個人遭遇的順逆，而有內在情緒的波動起伏。范仲淹推論「古仁人之心」皆具有這樣的平靜狀態，因爲他們：

進亦憂，退亦憂。

古仁人的心思放在擔憂國家與百姓，完全沒空在意是晴天、雨天、高興、悲傷，或是寵辱得失。他們的核心價值是建立在感受他人的苦痛，以及解決他人的問題。范仲淹寫到這裡，一定覺得滕子京會反問：

「那我的快樂呢？」

當一個古仁人眞是不容易，必須忘記自己的喜怒哀樂，無條件地去關心國家社會以及人民，無論在什麼位置都處於憂慮狀態，這樣豈不是永遠沒有得到快樂的一天？

范仲淹的回答是：

先天下之憂而憂，後天下之樂而樂。

如果古仁人聽到這樣的問題，范仲淹認爲他們會微微點頭說：

「是的，沒有。」

擁有仁心不是一件輕鬆的事情，他們必須直視身邊正在發生的悲劇，總是想要當一個英雄拯救世界，即使世界無法眞正等到和平。

范仲淹告訴滕子京：

噫！微斯人，吾誰與歸？

如果一個班級沒有寫好功課的同學，你連抄作業都不知從何抄起；考試的時候沒有認眞用功的第一名，你連作弊都不知道要偷看誰的考卷。

人們藉著學習與模仿，鍛鍊自己對抗痛苦、悲傷、侮辱、失敗，以及諸如此類的意外與不幸，然後我們必須忍受快樂與欲望的滅絕。就這方面而言，我們全部只不過是古仁人的學徒。

直到目前爲止，范仲淹依然將榜樣視爲一種激勵方式，無論在哪一個黑暗的午夜、沉淪的深淵，他們會是光明飛升的太陽。

因爲有這樣的人在前方行走，我們才可以跟著他們的足跡，走在正確的道路上。

古仁人在遠處，滕子京好好跟上。

## 做一隻不聰明的烏鴉

范仲淹想要跟上古仁人，從來沒有停下腳步。

關於滕子京的貶謫，范仲淹一定心有感觸，畢竟他自己似乎就是抱持被貶的決心在做官，往往在不應該說話的時候說話，不應該作爲的時候作爲，不應該出頭的時候出頭，造成身邊行政同仁不少困擾。

畢竟當大家做錯事的時候，並不喜歡有人做對事。

當時的宰相呂夷簡握有大權，喜歡任用私人爲自己辦事。於是，范仲淹準備簡報，還附上圖文並茂的圖表，向皇帝說明目前狀況有多惡劣：

「某爲超遷，某爲左遷，如是而爲公，如是而爲私，意頗在呂相。」

呂夷簡把持了政府官員的人事易動權力，長久下來會有礙升遷管道的正常運作，這對公務人員是一件非常不公平的事情，等於是排擠異己、結黨分贓。

范仲淹指著上面記有職務任用資格人員的圖表，一一解釋哪些是呂夷簡的決策與安排，當場給最高行政首長難堪。

不久，呂夷簡找到機會貶范仲淹至饒州，理由是：

離間陛下君臣，所引用，皆朋黨也。

意思很簡單：破壞和諧，結黨營私。這實在有點黑色幽默，投訴別人的范仲淹反被別人投訴一樣的罪名，而且罪名還馬上成立。

這時，好朋友歐陽脩跳出來大力護航，寫信痛罵主張罷黜范仲淹的司諫高若訥：

「你太不要臉了。」

後來信件被高若訥公開，歐陽脩的下場是被貶爲夷陵令。

事情鬧得沸沸揚揚，大家避范仲淹唯恐不及，沿著水道前往饒州的路上，經過十餘州，竟沒有半個官員出面迎接。但范仲淹看得很開，心態也很健康，甚至健康到有點狂妄：

仲淹前後三光矣，此後諸公更送，只乞一上牢可也。

三光指的是早前三次貶謫，好友送行的贈言：

「能夠被壞人討厭，眞是不簡單，有夠光榮的。」（此行極光、此行愈光、此行尤光）

范仲淹蒐集三光完畢，開玩笑地對這些朋友說：

「以後如果再被貶官，我想吃一頭羊。」

吃羊大概像是舉辦慶功宴的感覺吧！很明顯地，范仲淹隨時做好貶官的心理準備，承認這樣離開的確是一種光榮。

另外一位好朋友梅堯臣，看見范仲淹如此不合時宜的舉動，貼心地寫〈靈烏賦〉提醒：

> 結爾舌兮鈐爾喙，爾飲啄兮爾自遂，同翱翔兮八九子，勿噪啼兮勿睥睨，往來城頭無爾累。

大意是：閉上嘴、照顧好自己的生活，不要吵、不要太白目，才可以活得輕鬆自在。

話都說到這個份上，根本是另外一種形式的恐嚇。但裝睡的人叫不醒，裝厲害的人勸不聽，范仲淹寫了另外一篇同樣名爲〈靈烏賦〉的文章來回答：

「即使會死，我還是要大聲爲正義說話，也不要冷漠活著。」（寧鳴而死，不默而生。）

或許，范仲淹想對滕子京說：

「其實岳陽樓是假的，貶謫是假的，雨悲晴喜也是假的。」

在這個虛假的世界裡，只有那一顆赤燙火熱的仁心是眞的。

永遠不要忘記。

**一句話複習**

〈岳陽樓記〉——「假旅行比真出門更好玩。」

# 〈傷仲永〉——因為普通，所以用功

【國文課本這樣教】

王安石〈傷仲永〉強調後天學習的重要性，以金溪人方仲永為例，說明天分必須透過教育才會繼續發展，若是忽略教育的幫助，普通人會面臨更糟糕的窘境：無知與愚昧。

【課本不教的古文廢話】

北宋政治經濟陷入困境，王安石認為改革需要從教育開始，於是推動「熙寧課綱」，希望培養帶得走的能力，以及解決生活中的各種難題，最後改變整體的政治社會氛圍。

即使面對再多批評，他也不畏懼：

「閉嘴，我正在翻轉國家。」

## 我懂天才，因為我是天才

如果有所謂「天才光譜」，可以做為測量個人智力與才華的工具，光譜的其中一端代表著正常人，另外一端則代表天才，那麼靠近天才的附近，應該會有一個位置是代表怪人。

王安石張開雙腳，分別踏在天才與怪人的位置之上。

根據官方正史的說法，王安石年輕的時候喜歡讀書，只要是他看過的書，一輩子都不會忘記，等於是一座配備查詢功能的行動圖書館。更扯的是，作文像在亂寫，動筆比動腦還快，但完成品卻都能獲得極高評價，就連歐陽脩在看過他的文章之後，也向眾人大力推薦。

即使天資如此優異，王安石依舊勤學不懈。

坊間流傳，王安石初及第為僉判，白天協助處理行政文書，晚上則熬夜讀書到天亮，中間只略閉目養神，接著又開始一天的工作。但他因為趕上班，常來不及刷牙漱口，而被上級長官誤會：

「年輕人，不要常常跑夜店。」

這位長官應該要宣導良好衛生習慣的重要性，怎麼會是提醒王安石不要熬夜喝酒玩太嗨？可能多少有些愛才惜才的心情在裡面。

王安石也沒有爲自己辯解，但心中有道小小的聲音是：

「啊！你不懂啦！」

王安石的內在性格有些悶騷，喜歡埋著頭做自己的事，就算別人不了解自己，也懶得解釋，不如好好利用時間思考與學習。

關於愛讀書，還有一則與王安石有關的軼聞，內容是說他待人接物不苟言笑，某次團體聚會用餐，邀請藝人表演炒熱氣氛，忽然看見王安石大笑，大家覺得一定是表演太精采，才讓平日嚴肅的王安石綻放笑顏，還拿了大紅包獎賞藝人。但衆人事後越想越不對勁：

「這和平常的王安石不一樣。」

一問之下，才發現王安石根本沒在看表演，而是在反覆思考《易經》的某些道理，有所領悟才不自覺發笑。

真正能夠取悅自己的，只有自己。

王安石不顧他人觀感，三不五時就進入內心小天地，常被時人當成笑話在看，甚至有些已經近乎人身攻擊了。像是蘇洵就以〈辨奸論〉影射他是小人：

夫面垢不忘洗，衣垢不忘浣。此人之至情也。今也不然，衣臣虜之衣。食犬彘之食，囚首喪面，而談詩書，此豈其情也哉？

曾有傳聞，王安石誤食魚餌，不洗澡、不洗衣服，以及身上不時跳蚤出沒，蘇洵認為上述行為不符合人之常情，所以是一種虛偽做作的表現，最後得出一個結論：

「不愛洗澡，都是壞人。」

關於〈辨奸論〉，有些學者主張並非蘇洵之作，但由此我們仍舊可以得知，再優秀、勤奮、認真、不慕榮利、專心工作，也是有人會找到理由不喜歡你，甚至將你所有美好的優點解釋成惡劣的缺點，

做人難，做好人更難。

各種流言攻擊王安石，連一向信賴他的皇帝也忍不住問：

「爲什麼大家都說，你只會讀書，不會做事？」

面對這樣的質疑，王安石說得明白：

「廢物才只會讀書，不會做事；天才不只會讀書，更會做事。」

一般人常有讀書與做事不能共存的迷思，那是因爲受到中華民國考試教育的影響，以分數量化知識程度，從成績衡量學習成就，忘記知識與學習的目的，其實是爲了生活。如果眞正讀好書，一定可以做好事。

## 努力不難，非常努力才難

王安石的〈傷仲永〉，不是傷心神童的庸碌，而是擔心普通人的墮落。

北宋初年，王安石曾經聽聞江西有一個神童，名爲方仲永，這聰明小孩在五歲的時候，忽然大哭：

「我要寫作文，請給我文具。」

這孩子眞是想不開，以後進到學校可有得你寫了，何必急於一時呢？就算不想寫，國文老師也會逼你寫；沒繳交作文，還會記你一支警告，或是以約談方式來浪費你的生命。應該好好倒在床上，才是美好的五歲幼兒人生。

然而，驚訝不已的父親，馬上向鄰居借來筆墨紙硯，滿足自己兒子的創作欲望。結果方仲永寫了四句詩，內容大概是：

「父母年紀大了，我要好好照顧他們。鄰居借我文具，也要好好照顧他們。」

之後還留下自己簽名，眞不愧是天才兒童，腦力與體力同時發育完成。可見方仲永手部肌肉挺強健的，竟然可以握好毛筆寫字。五歲的時候，我連湯匙都拿不穩，喝個玉米濃湯還會打翻，然後跑進廁所哭。

從此，方仲永就是天才兒童代名詞。鄰居隨便指著石頭，他就可以寫出石頭詩；指著小狗，他就可以寫出小狗詩；指著路邊賣菜的歐巴桑，他也可以寫出路邊賣菜的歐巴桑詩。

五歲的我只會說我要車車、飯飯、嗯嗯、睡搞搞啦！還寫詩咧？

然而，鄉民們就是喜歡新奇熱鬧，看著幼稚的臉龐和嬌嫩的小手，拿著粗粗大大的筆桿寫著成熟的字，覺得十分可愛，有一種反差的萌感。

於是，這些鄉民常請方仲永來家裡作客，順便看他寫詩，甚至還有人拿錢來買剛剛寫好的兒童詩作。

完全是一場五歲男孩的行動藝術。

方仲永的父親可能覺得這樣比自己工作還好賺，便開始帶著他，到處白吃白喝白玩白拿，也就慢慢忘記學習這件事了。

明道年間，王安石見到方仲永本人，這時他已十二、三歲，大概是現在國七學生的年紀，詩作已經不如過去令人驚豔；再過七年，方仲永將近二十歲。王安石詢問他最近的狀況，鄉民們說：

泯然眾人矣！

這位曾經被譽爲神童的青年，已經和一般人沒什麼不一樣了。時間，只有讓他的年紀增加，智慧則一直停留在過去。

關於此事，王安石提出一個想法：

彼其受之天也，如此其賢也，不受之人，且爲眾人。今夫不受之天，固眾人，又不受之人，得爲眾人而已邪？

天才如果不學習，會變成普通人，普通人如果不學習，又會變成什麼？王安石在文章結尾留下一個問號，但我們心裡有答案：

「廢物。」

一般人不努力會變成笨蛋，努力頂多維持一般的狀態，如果想要和眞正的天才並駕齊驅，那就必須非常努力才可以。我們必須比現在還要用力跑，至少快上一倍，才有機會超越其他人。

說到最後，我們只是用盡所有的力氣，好好成爲一個普通人罷了！

## 學校不是黴波爐，放著就會成熟

〈方仲永〉一文，王安石強調「學習」的重要性，一方面認爲，先天的能力需要後天的培養，才能持續產生作用；另一方面則是，大部分人並沒有自己想像中聰明，透過學習則可以讓普通人維持一定程度的智識。

所以，在天才、笨蛋、普通人三者之間，其實是不停流動的狀態，而學習是決定自己身在哪一個位置的關鍵因素：

> 習於善而已矣，所謂上智者；習於惡而已矣，所謂下愚者；一習於善，一習於惡，所謂中人者。

王安石同意孔子在「性相近，習相遠」的說法，多數人天份的起跑點都差不了太多，但卻會因學習的多寡而造成知識的高低差異，最後每個人到達的終點各不相同。

成功或失敗、善良或邪惡，在於你的決定和行動。人生最可怕的不是無法改變，而是不知道改變的關鍵正是自己，因爲變好或是變壞，全在一念之間。

身為一位天才，同時也是一位改革者，王安石顯然十分清楚天分是與生俱來，每個人的狀況皆不相同，唯一能夠強求的是人的行動與作為。就像角色扮演RPG線上電玩遊戲，一開始遊戲人物能力值皆不相同，玩家必須不停打怪、闖關、解副本，藉由增加經驗值以升級角色的狀態與技能。

問題在於，生活中的怪物、關卡，以及副本的多寡不均，甚至沒有循序漸進的難度設計，有些人什麼都沒準備好，就必須挑戰大魔王；有些人終其一生也遇不到艱困考驗；有些人則是無法找到志同道合的夥伴。

有鑑於此，王安石找到了一個解決辦法：學校。

從古至今，學校皆是培育人才的場所，提供各種不同的嘗試與挑戰，以及使人適應社會規範與學習扮演社會角色。但當時的學校教育制度，已經趕不上政治社會經濟的變化，約略有以下幾點弊病：

方今州縣雖有學，取牆壁具而已。

夫課試之文章，非博誦強學窮日之力則不能。

今士之所宜學者，天下國家之用也。今悉使置之不教，而教之以課試之文章，使其耗精疲神窮日之力以從事於此。

大意是：「牆壁，是學校最大的價值。」「學生只會背誦和考試。」「生活需要的知識，學校一概不教。」

王安石遂提出改革教育的具體方案，分別從學校和考試兩方面進行，目的是解決教育的最大問題：

大則不足以用天下國家，小則不足以為天下國家之用。

奇怪了，讀書時間比別人多，教材範圍比別人大，考試內容比別人難，但卻沒有比別人聰明與優秀！王安石期待學生在生活情境之中，能夠運用知識解決問題，以及培養適應時代、面對未來挑戰的能力。

從某個角度來看，這根本是一〇八課綱的文言文版，王安石只差沒有喊出「素養」這一個新的教育名詞，然後要求每一個老師必須進行「跨領域」和「跨科目」的教學。

中華民國在二〇一九年的時候，終於追上一〇六八年的教育改革。

**一句話複習**　〈傷仲永〉——「普通人不讀書，會變笨蛋。」

# 〈臺灣通史序〉——不能繼續玩社團了

【國文課本這樣教】

〈臺灣通史序〉闡述連橫編纂《臺灣通史》一書的動機、目的與經過，強調歷史對國家民族的重要性，呼籲臺灣同胞發揚民族精神。

【課本不教的古文廢話】

清末臺灣府人連橫瘋玩社團，不僅成立「浪吟詩社」，期待自己是浪漫狂吟的文藝青年，還在「南社」玩起角色扮演的遊戲，穿上女裝變身為「偽娘」；甚至特地從臺南出發至臺中加入「櫟社」繼續玩，最後才因鴉片問題被開除社籍：

「玩社團的小孩不會變壞，只會變厲害。」

# 歡迎來到廢材社

現在臺灣十六歲的高中生喜歡玩社團，日治臺灣三十四歲的連橫也喜歡玩社團。連橫在當時參加的是臺灣中部最大、成員最佳、素質最高的「櫟社」。什麼是櫟社？如果改寫流行於男性口耳相傳中的廣告臺詞來說明，大概會是像這樣：

臺灣中部最狂文藝社團上線啦！
臺中廳阿罩霧，
文藝青年在線創作嗨翻天，
給你不一樣的政治與社會體驗，
多種文字遊戲，時時抗日。
中部曝光率最高，以小博大，緊張刺激，
更有五百次以上賦詩聚會，生日會，
讓你玩個過癮！
維護漢文學，徵求社員。入社即可暢遊所有活動，更多精采內容就在臺中廳阿罩霧。

一九〇八年，連橫從臺南搬家到臺中，開始撰寫《臺灣通史》一書；一九〇九年，加入櫟社。

根據前國立臺灣文學館館長廖振富的研究，櫟社是由霧峰林家發起，創辦人是林俊堂、林幼春，以及賴紹堯。依照地緣關係來看，此社團成員皆出身中部地區，而臺南人連橫則是收到林俊堂邀請，才有機會成爲其中的一份子。

一個由當時知識份子與文藝青年創辦與經營的社團，名稱自然不能亂取。櫟社的命名來由亦是寓意頗深，應是取《莊子・人間世》的「不材之木」的典故，以一個寓言說明成爲廢物的不容易：

有一工匠帶著徒弟出遠門，路上經過一座廟宇。廟宇旁有一棵大樹，好像臺北一〇一那樣高，跨年可以在底下看煙火與開派對，依照社會群衆認爲大就是好的觀點來看，這一棵巨樹應該價值不斐。

然而，工匠卻認爲這是一棵沒用的樹，無論拿來製作什麼器具，最後皆會整組壞了了。

結果，工匠夢見了這一棵大樹痛罵自己：

「說我沒用？你才沒用，你全家都沒用。」

「你知不知道，我多辛苦才能這麼沒用？當廢物也是一件不簡單的事情好嗎？」

「給我道歉喔！快說對不起。」

工匠醒來，和弟子分享這一個奇夢。衆人卻覺得，如果眞這麼想當廢物，爲何還要在路邊引人注目？

工匠可能擔心晚上又夢見大樹來找麻煩，連忙要弟子閉嘴：

「噓！因爲在這裡，才能好好當一個廢物。」

工匠和弟子邊說邊看向一旁的廟宇，大樹依舊參天而立，想要沒用的過完一生，總還是得有個看不見的依靠才可以完成。

那邊，莊子把櫟社的故事說完了；這邊，中部知識份子與櫟社的故事才正要開始。

換言之，櫟社即是廢材社的意思，但裡面的人統統距離廢材非常遙遠；如同莊子寓言中那一棵廟宇旁邊的大樹，試著在汙濁的俗世裡找到保全自己的方法，即使被旁人認為無用也沒關係，頗有自棄於世的遺民心態。

一般來說，如果高中成立廢材社，那會是一群所謂的「魯蛇」或「廢宅」聚集在校園的某個角落，三不五時寫寫廢文、發發牢騷，互相取暖討拍。

然而，膽敢公開以「魯蛇」或「廢宅」稱呼自己的，往往是人生勝利組！如同宣稱沒唸書的人，考試都考一百分；說自己醜的人，通常都很正。

霧峰林家人亦是如此，對於文學品質、社員品德以及文藝品味，皆有相當程度的要求。連橫加入櫟社後，可算是其中的活躍者，幾次臺灣各個文藝社團的聯誼活動都可以見到他的影子。

根本不像廢材，反而是塊良木。

## 八十八篇的臺灣價值

連橫〈臺灣通史序〉提到自己向神明發誓：

昭告神明，發誓述作。

最後兢兢業業完成了《臺灣通史》一書。

我始終覺得，如果他對於這片土地沒有愛與虔誠，怎麼會願意用十年歲月，換來八十八篇的歷史紀錄？更何況一開始賣得還不是太好，連橫能不能靠這一本書養活自己，還是一個未知數。面對不可預測的成果，還願意投入大量時間與精神，這樣的意志力總是令人感到敬佩。

以前我在大學時，即使可以預測不交期末作業的後果，但我還是連打開 word 檔都備感艱難。

臺灣沒有歷史，是臺灣人的苦痛，連橫認為：

故凡文化之國，未有不重其史者也。

然而，現在沒有一部詳細記載臺灣歷史的著作，連橫認為有三項原因：

第一、徵文難：大部分文獻資料不是不見，就是缺漏，甚至還有錯，這當然對於重建歷史眞實的原貌，是一大阻礙。

第二、考獻難：曾經參與或聽聞史事發生的長者，隨著時間的流逝而死亡，或是一些提供相關資訊的閒雜人等，內容大多是腦補後的胡說八道，可信度似乎也不是太高。

第三、重以改隸之際：當時臺灣被割讓給日本，政治情勢一陣混亂，政府文件與民間藏書皆在戰火中散佚與燒毀，想找到官方或民間的資料做爲書籍寫作的參考，不是一件容易的事。

列舉以上可能，連橫一方面是陳述寫作《臺灣通史》的高難度，一方面則是表明《臺灣通史》的重要性。從某個角度來看，這當然是在誇耀自己的眼光與努力，希望衆多讀者能夠給他拍拍手或是摸摸頭，甚至稱讚一句：

「連橫好棒棒！」

老連賣書，自賣自誇。這態度倒在情理之中，姑且不論《臺灣通史》一書已經被後世學者斧正不少訛誤，畢竟在當時的時空環境之中，顧及史料與史實的周全，是一件近乎不可能的任務，相信在某些無法自圓其說之處，應該也夾雜不少缺乏證據的臆測與推斷。

在〈凡例〉之中，連橫提到：

> 顧臺灣前既無史，後之作者又未可知，故此書寧詳毋略，寧取毋捨。

連橫盡可能將蒐集到的資料全塞進《臺灣通史》，與其批評這是一本歷史小說，或是譏笑其爲媚日之作，不如說是一部以個人之力建立的臺灣史料資料庫。其眞正目的，是要提供後人查詢與檢索之用，要論修撰史書之難，在當時可能沒有人比連橫感受更眞切了。

做爲一本號稱古往今來第一部臺灣的通史，連橫是有資格爲自己感到驕傲的：

> 是臺灣三百年來之史，將無以昭示後人，又豈非今日我輩之罪乎？

或許在〈臺灣通史序〉上的這幾句話，該反過來讀：

> 臺灣三百年來之史，將有以昭示後人，又豈非今日我輩之功乎？

如果，愛臺灣可以從個人投入與奉獻的程度，將這些行動量化成所謂的臺灣價值，並對著神明發誓，要好好爲臺灣留下一本史書，記錄這一塊土地曾經承載的記憶與情感，那連橫應該儲值了不少臺灣價值。

《臺灣通史》一共八十八篇，耗時十年完成，人生能有多少個十年？

## 社團規則要遵守

《臺灣通史》一九一八年完成，一九二〇年出版，一九三〇年連橫發表〈新阿片政策謳歌論〉後，被逐出櫟社。從此，連橫被冠上「媚日」頭銜，因爲他寫文章爲日本政府銷售阿片（即鴉片）的政令護航，認爲吸食阿片，有益身體健康。

這是爲了適應環境、保其生命的做法，還扯外國人飲食習慣做爲墊背，援引「俄羅斯人之飲火酒、南洋土人之食辣椒」二事爲例，強調阿片也是一種健康的飲食療法。

阿片、烈酒、辣椒三者能夠畫上等號。連橫眞是用心爲日本政府的政策宣傳。烈酒和辣椒至少是從嘴巴再進到胃裡，阿片難道是用鼻胃管灌食方式服用嗎？更別提什麼以爲只要會讓身體發熱、就等同擁有療效，這種說法和曾經流行的以保鮮膜包覆肌膚的減肥偏方有什麼不同，運動的流汗和悶熱的流汗並不是同一件事。

阿片這種常識裡的毒物，被連橫說的好像是居家旅行、聚餐宴客的常備菜，不僅無害，反而有益健康。據此，特許吸食阿片者的牌照可以隨著臺灣人口增多而增加發出的數字。

此論一出，櫟社之中另一位重要成員林獻堂不高興了。林獻堂反對阿片，耗費不少氣力，讓臺灣人逐漸遠離阿片的影響。連橫同為櫟社成員，一定知道林獻堂的苦心與奔走，但卻仍然寫下這樣一篇站在日本政府立場、並為阿片平反的文章，這種作為，不就是等同於破壞社團成立宗旨與成員之間的和諧？

更何況，櫟社待連橫不薄，創辦人之一林幼春還曾為《臺灣通史》寫序：

> 世之讀此書者，其亦念篳路藍縷之勤，而憮然於城郭人民之變也哉！

讀《臺灣通史》，不僅可以感念先民創業的艱難，更能夠感嘆物是人非的變遷。這或許是林幼春以連橫所寫之史事，哀悼整個國家民族的淪亡，但猶可從寫序一事知曉兩人交情。

沒想到十年之後，連橫遭到櫟社除籍，理由是十六次沒有出席櫟社集會。但大家都心知肚明，真正的原因是「媚日」。根據林獻堂的《灌園先生日記》記載：

> 昨日槐庭來書，痛罵其無恥、無氣節，一味巴結趨媚，請余與幼春、錫祺商量，將他除櫟社社員之名義。余四時餘往商之幼春，他亦表贊成。

大意是：陳槐庭爲了連橫支持阿片特許一事，感到十分憤怒，寫信給林獻堂，並要求將連橫從櫟社之中除名；他同時還寫信給臺灣新聞社社長傅錫祺，直接形容連橫是「冷血動物」。最後，更具體提出以三次不出席社團活動就除名的規章，逐連橫出櫟社。之前爲《臺灣通史》寫序的林幼春也表示贊成。

一九三〇年，昭和五年，民國十九年，木曜日，北風一掃雲霾，現出快晴。

林獻堂等人在林幼春家中召開「櫟社理事會」，主要是針對除名連橫一事。經過一番激烈爭辯後，決議依照社規處理：

「不投入社團活動，連橫再見！」

到現在，我依舊不知道連橫爲何會寫出這樣的文章，一個會說出「不屑操臺語，若自忘其爲臺人矣」的文人，怎麼反而忘記自己是臺灣人？是否有什麼不爲人知的情感掙扎？

唯一知道的是，從此他失去了林獻堂的友誼，也失去了臺灣知識份子的信任。

然後一切都不一樣了。

**一句話複習**

**〈臺灣通史序〉——「我寫了一本臺灣的歷史書喔！」**

## 【厭世國文老師的勸世良言】

上課睡覺，你只會不停變老；
上課專心，你才有機會成長。

獲得知識只有兩種途徑：
讀自己的書、聽別人的話。
不讀書又不聽話，最後什麼都沒有。

讀書不難，堅持到底才難；
學習不痛苦，忘記初衷才痛苦。

# 伍

# 牙醫診所讀的古文廢話

## ——說話好難——

致誤以為言語是良好溝通工具的人們：
「說真心話和拔蛀牙一樣，
張開嘴巴卻吐不出幾個字。」

# 出師表

# 〈出師表〉——別人的兒子，聽我說

【國文課本這樣教】

〈出師表〉是諸葛亮準備北伐曹魏之時，上疏勸勉後主劉禪應專心內政、復興漢室，同時表明自己欲報答先帝劉備賞識之恩，最後重申出師的決心，以及再次鼓勵劉禪要能自我砥礪。

【課本不教的古文廢話】

劉禪被教養成一個必須不斷努力的男人，否則在紛亂的三國時代裡，一個不小心，就被敵人給吞噬殆盡了。這讓生平謹慎沉穩的諸葛亮，不得不在出遠門之前，拚了命往劉禪看得見的地方，貼滿寫著注意事項與安全須知的便利貼：

「在家乖乖等我回來。」

# 乖乖在家

諸葛亮寫〈出師表〉，叮嚀劉禪治理國家的流程，因爲彼此有理性的責任：

「我不在家，請不要自己做決定。」

如果眞的非要做決定，請多聽別人意見，但是也不要太聽別人的意見；要相信自己的判斷，但是也不要太相信自己的判斷。如果有人犯錯，該怎麼處理就怎麼處理，交給相關部門執行；蜀漢不是DC漫畫的高譚市，別以爲自己是蝙蝠俠；國君的工作不是法官斷案，而是尊重法律制度。諸葛亮眞的很擔心這一位不到三十歲的年輕國君，只剩沒脫口說出以下這句：

「沒事閃開，讓專業的來。」

諸葛亮甚至附贈了一張工作人員清單，向劉禪強調，這幾個人是你老爸選的，可不是我一個人的意見喔！甚至我也只是執行你老爸的意志，心裡的OS更可能是：

「有什麼不爽，去跟你過世的老爸抱怨吧！」

來！工作人員名單給你看看，這樣你總該知道平常處理事情的SOP了吧！

由此可知，諸葛亮「出師」跟我媽「出門」沒兩樣，總是擔心外面太冷或太熱，要我不要到處亂跑，擔心我不知道要去哪裡吃飯，提醒冰箱裡面有菜有水果，然後眞的沒吃也不重要，記得幫家裡的貓狗換水換飼料。

劉禪應該不是笨蛋，就像我也不是笨蛋，但長輩老愛操心，覺得年輕人經驗不夠、能力不足，一旦不得不出遠門，難免煩惱家裡沒大人，小孩子就開始造反了，做一些平常不能做或不該做的事情。即使劉禪已經接近三十歲，而我也超過三十歲，但在父母叔伯阿姨心中，我們永遠只是孩子。

然而，諸葛亮的擔憂是有原因的，並不完全是老人家的瞎操心。〈出師表〉一開始說：

先帝創業未半，而中道崩殂，今天下三分，益州疲弊，此誠危急存亡之秋也。

蜀國目前能夠與魏、吳兩國抗衡，是劉備當年好不容易建立的基礎，可惜尙未發展成熟，他已經跟蜀國永別了。

這裡沒說出口的，是五年前那一場被東吳打敗的夷陵之戰，造成蜀國元氣大傷。現在，蜀國邁向強大的責任落在劉禪身上，卻又面臨更危險的困境：地理條件差、政府官員少、人民與財貨大量不足。想獲得喘息的時間與空間，幾乎是一件不可能的任務。

這時的諸葛亮心中有幾個盤算：「以戰換取時間與空間。」「以戰培養軍事人才。」「以戰團結民心。」

根據裴松之注《三國志》引《袁子》的說法來看，諸葛亮「以戰養國」的策略，繼續維持相當程度的壯盛國力：

亮之治蜀，田疇辟，倉廩實，器械利，蓄積饒，朝會不華，路無醉人。

當然，這也是因為諸葛亮專心內政的緣故，計畫性的建設官府、橋樑、道路、政策宣導，以及全力拚經濟。蜀國的發展不能只炒短線，必須要放遠目光，逐漸儲備實力，才能夠和頗具威脅的魏國大小聲。

換言之，諸葛亮期待劉禪乖乖在家、不搞破壞，就等同幫上最大的忙了。

## 靜靜回憶

諸葛亮回憶與先帝劉備共同創業的時光，以及彼此間的感性情誼。感情的柔軟，足以緩衝剛硬的道理。

〈出師表〉中不少叮嚀與囑咐，但無論再有道理的意見，並非每一個人都有虛心接受的雅量。更何況，劉禪仍是實質意義上的一國之君，諸葛亮卻把這一位年輕人講的好像什麼都不會，彷彿剛進幼兒園的五歲孩童，父母還得在入學第一天偷偷躲在角落保護。

諸葛亮提醒劉禪：

「現在的文武百官之所以願意爲國家賣命，是因爲你老爸的關係！」（侍衛之臣，不懈於內；忠志之士，忘身於外者，蓋追先帝之殊遇，欲報之於陛下也。）

諸葛亮似乎認爲劉禪的威望、才德、政績均不足以服衆，必須更加謹愼小心處理國事，否則會落入進退維谷的窘境。

實際上，劉禪已經在這個位置上第五年了。

五年的時間，大學生都延畢一年拿雙學位了，劉禪如果仍一事無成，輔佐國君的諸葛亮應該負上一點責任才是。

理講多了，情就薄了。爲了避免劉禪玻璃心碎滿地，諸葛亮希望能做點什麼來彌補，但跟國君套交情又感覺哪裡怪怪的，總不能說：

「阿斗啊！我記得你三歲的時候還會尿床。」

「當年你爸摔傷你的時候，我剛好在旁邊，所以知道你腦子有點不太好。」

更別提是要擡出劉備死前給劉禪的遺言：

「乖，要聽丞相爸爸的話。」（汝與丞相從事，事之如父。）

但這時的諸葛亮是向少年主君劉禪請求北伐，要是當著朝廷衆人面前說「I am your father」，只怕適得其反。

因此，只好擡出劉禪眞正的爸爸，開啓回憶模式，進入諸葛亮與劉備的美好時光。

通常人與人的互動，會將情放在說話的前面，再提及道理，對方會比較願意接受自己的意見。好比我發現班上學生時常曠課，會說：

「老師平常很喜歡你，覺得你是好孩子，但曠課會影響學習安定感，能不能一起想想辦法，怎麼減少曠課天數？」

其實「喜歡」和「好孩子」是一種主觀感受，這和解決「曠課」的問題一點關係也沒有，但先表達感情，再處理事情，聽起來就是讓人感到舒服。

然而，諸葛亮卻是先處理事情，再表達感情。

大概是因為，在蜀國的政府部門裡，年紀夠老、資歷夠深、能力夠好、職位夠高，才敢直接寫下名為「建議」、實是「指示」的〈出師表〉，然後再慢慢訴說自己與劉備之間的相知相惜：

先帝不以臣卑鄙，猥自枉屈，三顧臣於草廬之中，諮臣以當世之事，由是感激，遂許先帝以驅馳。

諸葛亮躬耕南陽之時，常自比管仲和樂毅，這和我自稱「新北吳奇隆」沒啥兩樣，沒幾個人會相信這種毫無根據的發言，只有好朋友才會如此瞎了眼地義氣相挺。但劉備與諸葛亮非親非故，卻願意放低姿態，邀請毫無工作經驗的他加入團隊，並且確實執行他提議的營運計畫，這些皆是蜀國之所以逐漸壯大的原因。

以上故事，劉禪大概聽過無數次，而這時候諸葛亮將舊事重提，除了傾訴情感之外，還有二十一年滄桑歲月的喟嘆。

愛，需要回憶不停進行反芻。諸葛亮希望劉禪也能明白：

「這一切都是爲了愛。」

## 哭哭離開

〈出師表〉最後一句：

臨表涕泣，不知所云。

諸葛亮以這八個字作結，看似感性，實爲理性。

這篇文章條理分明，議論、記敘、抒情兼具，言詞懇切、情意動人，很難想像諸葛亮會不知道自己在說什麼。我想他不僅知道，而且還知道得非常清楚，當然可以推測他是因爲回憶過去而陷入感傷之中，但他爲什麼要特地寫出來，甚至放在文章最後呢？

中華民國老師常用的備課書，也就是教科書出版社提供的教學參考資料，上面關於「臨表涕泣，不知所云」的解釋是：

「盡顯老臣的忠心眞情。」

我不會懷疑諸葛亮的眞情誠意，但此句我卻認爲是：

「盡顯老臣的謹愼世故。」

〈出師表〉一文說教這麼多句，劉禪再怎麼年輕，總還是國家領導人；諸葛亮再怎麼德高望重，也只是政府高級官員，指導上級辦事乃是行政大忌，而且還以一種「我比你懂」的口吻報告，這不是找麻煩，什麼才叫找麻煩？

諸葛亮不是第一天在職場打滾了，最後當然要「不知所云」。如果「知所云」還得了，豈不成了他刻意欺負在位不久的劉禪，這又讓劉禪哪裡有臉面對朝廷其他政府官員？

諸葛亮說什麼、做什麼，大家都看在眼裡。

從另一個角度來看，〈出師表〉除了是給劉禪的建議之外，同時也是間接向眾人宣示：

「我離開後，請各位依照以上事項協助辦理國家大事。」

諸葛亮曾受六尺之孤，今攝一國之政，專權而不失禮，治實而不治名，在維護國家利益的前提之下，勢必要警告居心不良或是行事怠慢的政府官員，勿存僥倖之心：

若有作奸犯科，及為忠善者，宜付有司，論其刑賞。

而在〈出師表〉上提到的幾個政府官員的名字，也必須謹慎協助劉禪治理國事：

若無興德之言，則責攸之、禕、允等之慢，以彰其咎。

諸葛亮這樣做至少有兩個好處：一是將原本建立好的嚴格法規盡可能維持；二是讓郭攸

之、費禕、董允等人可以放心大膽地向劉禪提出諫言。

當我對你說話，不代表只有你在聽；聽到我說話的，代表你也知道該怎麼做。

導師不留情面地公開責備犯錯的學生，或許是要藉機告訴其他同學以此爲借鏡；導師執行嚴格的規定，或許學生該想到不是只有懲罰，同時這可能更是一種保護。

一篇〈出師表〉，裡面有著諸葛亮無限的牽掛。

之後，諸葛亮過世，各地百姓要求爲其立廟，劉禪不准；朝廷百官再要求在國都立廟，劉禪依舊不准。一直到許多年之後，劉禪才下詔，爲諸葛亮立廟於沔陽。

有些人以爲劉禪怨恨諸葛亮，我倒覺得，這是另外一種敬重的表現，劉禪終於學會諸葛亮的政治手腕：

說話，可以傳達不只一種訊息。

**一句話複習** 〈出師表〉——「家裡沒大人。」

# 〈項脊軒志〉——自己的書房，聽我說

【國文課本這樣教】

「項脊軒」是歸有光老家的書房，他以〈項脊軒志〉一文，回憶在此發生的可喜與可悲之事。先是記敘家族日漸疏遠的關係，再分寫自己母親與祖母的日常瑣事，最後補述妻子親手種植的枇杷樹，藉此抒發睹物思人的情感。

【課本沒教的古文廢話】

〈項脊軒志〉的末段憶亡妻，其實是相隔十餘年後的補記，但歸有光鬆散疏淡的筆法，常讓讀者忽略了兩段文字間的漫長歲月，更有可能是，他的哀傷始終連綿不絕：母親早逝、考運不佳、妻子過世、長子病亡，以及僅能靠教書才能勉強過活二十年，都是一般人難以承受之重：

「我難過的是，失去你，失去愛，失去的夢被打碎，忍住悲哀。」

## 母親與祖母

歸有光寫自己的書房，本來只寫生命中兩位重要女性：母親、祖母，隔了十七年，才又補寫自己的第一任妻子：魏氏。

之所以獨寫女性家人，大概是因爲他與父族的關係始終不睦吧。歸有光大概七、八歲的時候，只要看見長輩，往往會拉著老人家衣角，童言童語地問著家族故事。他在〈家譜記〉中寫道：

蓋緣幼年失母，居常不自釋，於死者恐不得知，於生者恐不得事，實創巨而痛深也。

由於幼年喪母，小歸有光內心時感孤獨不安，也許是歸家家族過於龐大，唯有將錯綜複雜的親屬關係梳理清楚，才能在複雜的大家庭人際網絡之中，保持合宜的應對進退，以及適當的待人處事之道。

當〈項脊軒志〉中那一位老婦人，向歸有光訴說起關於他母親的種種回憶時，想必也是他主動問起：

「我的媽厤有來過書房嗎？」

老婦人回答：「你媽曾經站在這裡喔！」又提到與歸有光母親隔著門板的對話：

汝姊在吾懷，呱呱而泣；娘以指叩門扉曰：「兒寒乎？欲食乎？」吾從板外相爲應答。

歸有光的姊姊閨名淑靜，是家中長女。如果淑靜尙需人抱在懷裡，就代表身爲次子的歸有光，可能正安住在母親的肚子裡，等待來到人世的那一天。

老婦人特別講出這段對話，或許不僅是與項脊軒有關，更是與歸有光有關：

「其實你已經到過這個書房，只是還沒出生。」

歸有光對於自己母親的記憶不多。她十六歲嫁進歸家，二十五歲撒手人寰。母親過世那年，歸有光才七歲左右。她在歸家的短短九年裡，共生了七名子女，甚至爲了不再繼續懷孕，聽從旁人的建議，而喝下盛著兩顆田螺的水，莫名其妙地失聲變啞。

美人魚爲了得到行動的自由，交換了自己的聲音；歸有光的母親則是爲了得到身體的自由，犧牲了自己的聲音，最後卻仍沒有得到善終。

母親死後，歸有光一直想了解自己家族的歷史，試著從時間的長河中撈取一些碎片，重新拼湊關於歸家的記憶、文化，以及團結的力量。

〈家譜記〉形容這些歸家的叔伯長輩，認爲他們皆是「貪鄙詐戾」，直言當時一百個歸家人，沒有一個人知道學習；十個歸家人好不容易學習了，卻沒有一個人知道禮義：

> 貧窮而不知恤，頑鈍而不知教。
> 死不相弔，喜不相慶。
> 入門而私其妻子，出門而誑其父兄。

簡單的解釋大概是：「沒同情心，沒上進心。」「沒有家族愛。」「自私，愛說謊。」

這就是爲什麼歸有光和家族女性的情感較爲親密，因爲歸氏家族男性成員在他眼中，個個都是廢物，關係自然不好。

當祖母詢問自己：

「爲什麼成天把自己關在房裡，像女孩子一樣？」（何竟日默默在此，大類女郎也。）

歸有光心中一定想著：唯有把自己藏在書房，我才不會變得跟外面那群男人一樣糟糕。因此，〈項脊軒志〉爲何先提到「諸父異爨」，再寫母親，然後寫祖母，或許歸有光正是在暗示自己的青春期，不但寂寞而且疏離人群，把自己關在書房裡的每一天，只有母親和祖母是他的精神寄託吧！

家族是以血緣連結的無形繫絆，歸有光曾經想要逃離，最後卻又選擇留下，期待自己能夠牽起相隔已遠的家族情感。

## 妻子與婢女

爲什麼歸有光要在過了十餘年後，補記關於第一任妻子魏氏曾在項脊軒裡的音容聲貌？我總覺得，是他看見了那一棵枇杷樹。

當歸有光回到舊宅，翻閱了幾本祖先遺留的書籍，發現整個家族一天又一天的衰敗，家人一天又一天的墮落，他坐在自己的書房裡，不經意地向庭中望去：

庭有枇杷樹，吾妻死之年所手植也；今已亭亭如蓋矣。

〈項脊軒志〉寫那一間狹窄破舊的書房，也寫自己與魏氏的感情。歸有光說，枇杷樹是魏氏亡故的那一年親手種植，當他回到項脊軒時，一定看見了這一棵枝葉茂盛的枇杷樹，如此生氣蓬勃，但是妻子卻已不在人世。所以，他才想起彼此經歷過的日常瑣事，讀書、寫字，以及她的笑容：

「原來，妳已經離開我這麼久了。」

有些記憶，可能藏得很深，卻說得很淺。

根據歸有光〈請敕命事略〉記載，魏氏從小生長在有錢人家，過著千金大小姐一般的生活。按道理在家靠爸爸養，出嫁靠老公養，但歸有光實在窮到只剩下才華可以說嘴，魏氏不得不捲起袖子，親自操持家務。

難得的是，魏氏逢年過節回到娘家，從不抱怨婚後貧困生活，一直到魏氏母親派人探望才發現，原來這一對年輕夫妻的經濟狀況與居住品質，差到如此令人難以置信的地步。

或許是愧疚、也或許是難堪，以及對未來的徬徨，歸有光應該不只一次向自己的妻子道歉：「對不起，我太窮了。」但魏氏始終笑笑安慰：

吾日觀君，殆非今世人，丈夫當自立，何憂目前貧困乎？

每天看著眼前這位只會讀書的男人，魏氏竟然越看越有信心，認為歸有光絕對有機會一展長才，不應該憂慮眼前，而是要珍惜現在、看向未來。

同樂容易，共苦艱難。相信歸有光一定也對魏氏很好，兩人相處始終和諧快樂，心靈的富足，讓她忽略物質的貧乏，生活可以沒有錢和米，但不能沒有我和你。

在魏氏過世後，歸有光又因婢女寒花的死亡，而想起了兩次妻子的微笑。

寒花是一個可愛的雙馬尾小蘿莉，跟著魏氏嫁進歸有光家中。真是令人羨慕歸有光，窮沒關係，有老婆和小蘿莉的陪伴，已經可以算得上是人生勝利組了。

可愛的小蘿莉寒花平常有點貪吃，有天剝了滿滿一盆荸薺，卻死也不給歸有光吃，讓歸有光追著她滿屋子跑。

這時候，魏氏笑了。

寒花年紀小，老愛靠著桌子吃飯，然後不自覺地東看看、西看看，對歸有光的破舊房子充滿好奇，可能那一個滿臉問號的模樣萌到不行。

魏氏又笑了。

寒花死時，歸有光雖然在寫這一名曾經共度幸福生活的婢女，但應該也是回憶亡妻這兩次微笑吧！

後來有一年清明時節，歸有光夢見了魏氏，夢中的兩人沐浴在愛與幸福裡面，他正沉浸其中時，卻被外面的鼓聲打斷美夢，陡然驚醒，歸有光回到了沒有魏氏的現實。

自從魏氏離開人世，歸有光說，自己已經三十多年沒有在夢裡見到她了，理由是：

俗以爲淚著殮時衣，不夢也。

一旦流下太多眼淚，死者深怕又一次讓生者傷心，於是不再入夢。

## 青蛙與自己

讀書，是一件寂寞的事，必須忍耐不自由的生活，以及擔憂前途渺茫的未來，沒有人知道投注如此巨大的心神與精力，是否能夠換回相等價值的回報。

歸有光長時間坐在項脊軒的書桌前，與現在的高中生沒什麼不一樣，除了讀書之外，還是讀書，腦袋裡裝滿著生活用不到的知識與學問，沒有絲毫喘息機會。然而，現在的高中生可以在下課時間玩手機遊戲，歸有光的休閒娛樂只能玩「聽腳步聲猜猜看」的無聊遊戲：

余扃牖而居，久之，能以足音辨人。

日子一久，歸有光已經可以百分之百猜中是哪一位家人的腳步聲，這個遊戲的耐玩程度不如手機遊戲般，不斷有新關卡或新挑戰，要過上好長一段時間才會有其他家人出現，但歸有光也沒有其他更好的方式來排遣寂寞了。

歸有光又說，自己的書房曾四度遭遇火災，但慶幸沒被焚毀。他解釋，大概是有神靈庇護。我倒覺得，是因爲歸有光太常待在書房，一有什麼風吹草動，他早就發現、解決了。或許眞有天助，但也需要人助。

〈項脊軒志〉原本是以項脊生的一段議論做結束，欲藉古代名人的境遇，來自我勉勵：

方二人之昧昧于一隅也，世何足以知之？余區區處敗屋中，方揚眉瞬目，謂有奇景。人知之者，其謂與坎井之蛙何異！

歸有光早年亦是懷有遠大抱負，認爲自己只不過是暫時待在這一間破舊的書房，遲早有一天會功成名就，如同苦守丹穴的寡婦清和高臥隆中的諸葛亮，從沒沒無聞到無人不識。這是多麼陽光與樂觀的文章結尾啊！只差沒來一句：

「讓我們一起邁向嶄新的明天！」

大學剛畢業的年輕人總是以年薪百萬、高階主管爲目標，但經過社會殘酷的洗禮之後，眞正出人頭地、完成夢想的，又有幾人？歸有光講出口也覺得荒謬，世事怎麼可能如此盡如人意，現在這副窮酸樣，完全沒有沾沾自喜的道理，要是讓旁人發現了，一定會成爲大家口中那隻井底之蛙。

但是，歸有光想當那一隻青蛙，也不害怕當那一隻青蛙。坐在井裡又怎樣？待在項脊軒又怎樣？有夢想的青蛙，不會永遠待在爛泥裡。

過了十三年，歸有光才發現，自己從來沒有離開過這一堆爛泥，所有的好事沒有如預期一般發生。重新回到項脊軒，懷念起過往與妻子的歡樂時光，再一次經歷「人亡、屋壞、屋好、樹在」的記憶迴圈。

寂寞的不是只有讀書，還有人生。

**一句話複習** 〈項脊軒志〉——「宅男的房間。」

# 〈左忠毅公軼事〉——老師，聽我說

【國文課本這樣教】

清代方苞記載左光斗與史可法的師生情誼，透過幾件軼事，表現左光斗的識才與惜才，並且敘述史可法繼承恩師忠貞愛國的志向，以及他往來桐城照應左光斗遺族的用心。

【課本不教的古文廢話】

關於左光斗與史可法之間的交往互動，方苞進行了二次創作，以歷史資料為基礎，輔以家族長輩的說法，改編與延伸已存在的人物與事件，用〈左忠毅公軼事〉這一篇故事，致敬一段可歌可泣的師生情誼：

「這是一篇二創同人文啦！」

## 不可靠的軼事，該相信的忠毅

〈左忠毅公軼事〉清楚敬告讀者：

「有些是八卦啦！大家聽聽就好。」

軼事，指的是以眞實人物爲基礎的事件，但情節經過時間與口語傳播之後，出現各種不同說法，逐漸脫離實際狀況，還很可能產生不符歷史、制度、社會、生活等經驗的敘述。那麼軼事究竟值不值得進行討論？如果僅以此來認識歷史上的左光斗或史可法，自然有欠公允，但若是從文學創作的角度來看，就有些許參考和學習的價值了。好比如何塑造人物形象、藉賓顯主，以及如何用簡潔的語句清楚陳述一個故事。

如果可以簡潔，方苞不想要複雜，於是他提出「義法」做爲創作的準則：

「寫什麼和怎麼寫一樣重要，懂？」（義即易之所謂「言有物」也，法即易之所謂「言有序」也，義以爲經而法緯之，然後爲成體之文。）

目的是要取得文章內容與寫作技巧之間的平衡，再以此做爲一種寫作範例或格式，提供學習者有系統地練習文章寫作，甚至還編輯了一本名爲《文章約選》的書籍，收錄漢人及唐宋八大家之文，欲以此做爲「義法」之範例。

《文章約選》的選文、撰序，皆出於方苞之手，但是假托和碩果親王的名義出版。這位和碩果親王，不說你不知道，他是康熙第十七子，名爲愛新覺羅‧胤禮，封號果，受封郡王，後晉封親王，就是電視劇《後宮甄嬛傳》和四爺雍正帝搶女人的那位果郡王啦！

幻想穿越到清代談戀愛的少女可以清醒一點，優秀的八旗子弟都在專心讀書或是鼓勵別人念書，誰會一天到晚在你旁邊吹笛子、念情詩、耍浪漫、裝憂鬱文青？

根據方苞的說法，《文章約選》的出版目的，和現在高中國文作文參考書沒什麼不同：

「只要三分鐘，輕輕鬆鬆讀完兩漢唐宋古文。」（非始學者所能遍觀而切究也，乃約選兩漢書疏及唐宋八家之文，刊而布之，以為群士楷。）

爲了幫助沒時間、沒體力、沒腦力的清代學子，方苞特地製作了古文懶人包，幫助他們做考試前的重點整理，複習重要的作家與作品，根本是一本大考考試必勝寶典。

現代高中生也是如此，面對大學入學考試的學測國文語文能力測驗，必須在九十分鐘之內寫完兩大題「知性」與「感性」作文。面對時間與考試的壓力，學生無法好好咀嚼自己的靈魂，只好吞食別人消化過的文字，希望可以擁有普遍適用於各種題目的修辭與結構。

就如我們都期待有簡化人生的公式，但人生遠比我們想像的複雜。

此外，方苞推崇《左傳》與《史記》的文字「瑰麗濃郁」，認為最能夠展現古文的乾淨純粹，遠遠看過去，還會覺得每一個字都在發光。或許〈左忠毅公軼事〉正是一篇試圖模仿與實踐《左傳》與《史記》敘述方式的文章，以此呈現「雅潔」特點。

方苞在秉筆之初，應已確立好「忠毅」的主題，再以此為核心向外開展故事；而左光斗與史可法的師生互動，正適合闡釋這樣的思想意涵。若從其「義法」的觀點來看，「忠毅」的主題即是「義」，根據「忠毅」鋪陳的文字則是「法」。

在主與賓、虛與實、詳與略、眞與假、明與暗之間，說出一段關於愛與正義的故事。

## 活的學生，死的老師

至於倒楣的左光斗，為何下廠獄、淪為階下囚一事，要先從方苞沒寫到的明末三大案說起：

首先是萬曆四十三年，有一個煞氣的8+9（注：鄉民用語「八家將」之意，也有「黑道」「流氓」等貶意）闖進東宮，拿著棍棒痛毆太子朱常洛；其次是萬曆四十八年，之前被打的太子朱常洛即位，不久卻吃下紅色藥丸暴斃；第三則是「移宮案」，也就是朱常洛死後，他其中一個老婆李選侍與太監魏忠賢密謀，準備與太子賴在乾清宮不走。這時左光斗與好友楊漣看不下去了，站出來堅決反對，李選侍因此大怒，屢次宣召左光斗，準備趁機嚴懲。

左光斗霸氣回應：

「我是天子的人，婦人女子豈能要我去就去，小姐妳哪位？」（我天子法官也，非天子召不赴。若輩何爲者？）

左光斗不顧政治壓力，成功逼迫李選侍滾回自己的房間。

明末三大案的幕後黑手皆是宦官，左光斗與魏忠賢只不過是透過三大案進行間接的角力，兩人所屬的陣營皆未分出勝負，正面的對決則是發生在「移宮」一案後。

楊漣彈劾魏忠賢，左光斗與之共謀，結果宣告失敗，下獄接受酷刑偵訊。

男人沒有經過痛苦淬鍊，就不算英雄。

左光斗乃眞英雄也，方苞如此描寫他在獄中遭遇的折磨：

席地倚牆而坐，面額焦爛不可辨，左膝以下，筋骨盡脱矣！

這簡直是太殘忍了！因爲是炮烙之刑，左光斗被燒紅的鐵塊狠狠灼傷。爲了逼他承認自己從沒犯過的錯，獄卒從身體開始用刑，胸、背、大腿、小腿、手，最後才是臉孔，直到體無完膚。

所以，左光斗聽到了僞裝成清潔工人的史可法聲音，必須用手撥開焦爛的眼皮，又要在視線不清的狀況下，摸找地上的用刑器具，費盡千辛萬苦，才能做出投擲的姿態，欲以此趕跑眼前不知好歹的學生。

特別的是，〈左忠毅公軼事〉清楚描述監獄裡左光斗與史可法的對話：

「庸奴！此何地也，而汝前來！國家之事，糜爛至此。老夫已矣，汝復輕身而昧大義，天下事誰可支拄者！不速去，無俟姦人構陷，吾今即撲殺汝！」

雖然當時只有左光斗和史可法才知道獄中發生了什麼事，但不在現場的方苞，認爲這段話可信度很高，因爲家中有位長輩剛好是左光斗的外甥，他曾經親耳聽到史可法如此描述。然而，若是對照史可法之後給左光斗的祭文，卻會發現兩段「獄中語」的敘述有著落差，〈祭忠毅文〉言：

法不忍，師見而顰蹙曰：「爾胡爲乎來哉！」

在這篇祭文中，待在監獄裡的左光斗見到史可法，是微微皺著眉頭，略帶憂愁地說：

「你爲什麼來這裡？」

輕描淡寫地提出一句疑問，透露出無奈、憐憫，以及深不見底的絕望，背後的意思是：

「你不應該在這裡。」

如果說，〈左忠毅公軼事〉裡的左光斗至少對天下事還存有一絲希望，認爲國家大事還有人可以支拄，那麼在史可法的祭文中，就連那麼一點微光都不存在了。

歷史沒說的，方苞幫忙說了；史可法有說的，方苞幫忙說更多。勇者鬥惡龍，沒人在乎死的是勇者，還是惡龍？重點是戰鬥的過程有多慘烈、結果有多激勵人心。

死人無法說話，活著的人要把故事傳承下去。

## 鐵鑄的肺肝，柔軟的心腸

史可法回憶與左光斗的獄中對話，流著眼淚向別人哭訴：

「吾師肺肝，皆鐵石所鑄造也。」

這或許又是方苞的文學性語言，史可法未必眞有說出這一句話，甚至以鐵石鑄造的肺肝來譬喻左光斗的不顧私情、正義凜然，也是很特別的說法。通常形容意志堅定、不被感情動搖，使用的成語會是「鐵石心腸」；而要闡釋寧死不屈、爲國赴義的精神，大概會說是「忠肝義膽」。

換言之，史可法的感嘆應該會是：「吾師心腸或肝膽，皆鐵石所鑄造也。」

在這裡的「鐵石肝」是指忠誠愛國，這應該多數人皆可以認同，但之所以稱左光斗是「鐵石肺」的理由，大概是隱喻他在廠獄受盡酷刑而垂死衰弱的時候，仍存有一口浩然正氣，傾瀉而出：

「沒事來這送死幹嘛？還不快滾！」（老夫已矣，汝復輕身而昧大義，天下事誰可支拄者！）

左光斗期許史可法繼續爲國奔走效力，而不是將寶貴生命平白浪費在奸人手裡。表面是怒斥責備，內心卻充滿不捨，這跟戴名世〈左忠毅公傳〉的敘述很接近，但語氣略有不同：

「愛自己好嗎？接下來就是你們的事了。」（道鄰，宜厚自愛！異日天下有事，吾望子爲國柱。）

道鄰是史可法的字，如此親暱呼喊，對他自是充滿關愛之情，希望眼前這一位年輕人好好照顧自己，未來才能夠成爲國家柱石。這裡的語氣和緩、態度從容，不像是在獄中道別，反而更像是參加學校畢業典禮，師生彼此寄予無限祝福。

一件獄中事，方苞與戴名世各自表述。

據此，學者錢鍾書在《談藝錄》中評論二人的寫作手法：

蓋望溪、南山均如得死象之骨，各以己意揣想生象，而望溪更妙於添毫點睛，一篇跳出。

望溪是方苞，南山是戴名世，死象之骨則指左光斗與史可法的獄中對話，原本的事實平淡無奇，沒有上演這麼多內心小劇場，不過是日常生活中的一般問候。但是，方苞和戴名世根據主要的情節想像當時的畫面，賦予死象新的生命。

目的並不是還原眞實過程，而是重建人物的性格與精神。

〈左忠毅公軼事〉的高明之處，在於寫出獄中場景之前，已先鋪墊左光斗和史可法的師生情誼，爲後文立下一個穩固的情感基礎，逐漸疊加累積人物的性格與精神。所以，左光斗給了史可法考試第一名的成績後，忍不住稱讚：

「我的兒子們有夠普通，只有你和我一樣優秀。」（吾諸兒碌碌，他日繼吾志事，惟此生耳。）

從「給你我的體溫」（解貂覆生）到「你是我的第一名」（面署第一），左光斗對史可法愛護有加，還對自己的老婆炫耀：

「這年輕人比我們的兒子更像我。」

不知道左光斗老婆聽了，有沒有心頭一驚，懷疑自己老公在外面有了小三，然後找機會把小三的兒子帶來家中，假裝是考試第一名的資優生，事實上是要認祖歸宗。

確定的是，因爲有「繼承吾志」的說法，帶出後來左光斗在監獄對史可法說出那一句「天下事誰可支拄者」時，不僅得以突顯左光斗的愛才與愛國，也因爲有這一份愛，而讓史可法「鐵石肺肝」的譬喻，多了一層可能的意涵：

肺肝是硬的，心腸卻是軟的。

**一句話複習**

〈左忠毅公軼事〉——「老師與學生一段不可告人的故事。」

# 〈師說〉——同學，聽我說

**【國文課本這樣教】**

韓愈以〈師說〉一文借李蟠請學一事，闡述「從師問學」的道理，希望扭轉唐代士大夫以相互學習為恥的風氣，目的是恢復師道，維護儒學道統。

**【課本不教的古文廢話】**

立志成為國民男神教師的韓愈，當年即使沒有網路直播平臺，也四處尋找機會在各大場合發文，教育社會大眾。

他先是發文，批評當今聖上勞民傷財迎佛骨的瘋狂行為，卻遭唐憲宗處罰，貶到了潮州浸水桶，冷靜一下。來到潮洲，他依舊不改本性，又發文給會吃人的鱷魚，要牠別再殺生，速速搬離；但之後為了重返長安，還是發文道歉了：

「我不應該亂發文的，請大大放我出水桶。」

## 不懂，可以問人

誤讀了韓愈的〈師說〉，我覺得很抱歉。

〈師說〉強調的，從來不是教學者，而是學習者，也就是學生必須發問。

我曾以爲韓愈強調的是老師，但其實他要說的卻是學習。只要願意學習，老師無處不在：

> 古之學者必有師。師者，所以傳道、受業、解惑也。

韓愈認爲每一名學習者皆需要他人的傳授、指引、解釋。生活是一個複雜的謎團，人不可能突然找到拆解的方法，或是迅速得到明確的答案，總是要透過自己與他人的經驗，在漫長的探索過程之中，重複著受傷、否定、忍耐、壓抑，以及愛與不愛，然後慢慢發現生活的原貌。

〈師說〉提到的「學者」與「師者」，不該單指坐在教室裡認眞上課的老師和學生，僅止於單純進行知識的灌輸與傳承；而是在說明日常生活當中人與人之間彼此的互動，試著在別人身上看見自己沒有的優點與專業，然後請教、討論，並且虛心接受。

韓愈的意思再簡單不過了：

「不懂，可以問人。」

無論你的年紀、職業、身分、性別，只要能夠解決疑惑、增進知識，以及明白道理，身邊的每一個人都可能是自己學習的對象，換句話說，每一個人也可能是別人的老師。

「學者」與「師者」之間，是一個不斷互換身分的角色扮演。

所以，每次教高一新生〈師說〉的時候，我都感到有些愧疚；韓愈其實是要學生向外擴展自己的見識和心靈，而不是將自己局限在某個空間，從早上七點半一直坐到下午五點，並且帶著甜美的微笑、專注的眼神看著課本和黑板，不然老師會說你這樣不用功、不尊重，以後會沒有好大學唸、沒有好工作做，一無是處、一塌糊塗，而且沒人愛你。

這樣的學習，不是很空洞虛無嗎？課堂知識很重要，但人生知識也不可少。學校試圖模擬生活的各種情境，但生活是眞實，學校卻只是「仿眞」，所以在學校犯錯，學生總是可以獲得更多寬容；在學校受傷，學生也是可以獲得更多愛與關懷。誤以為學校可以獲得完整的生活經驗，是一件很可怕的事。

知識的理解，不應只在學校裡；學習的發生，不應只在課堂上。

如果認爲學校可以還原社會的「眞實」與「現實」，韓愈大概會長長一嘆：

嗟乎，師道之不存也久矣！

因爲師道根本不是「尊師重道」的宣言教條，也不是強調老師這一份職業有多麼尊榮不凡，而是在呼籲與提醒大眾：

「你們忘記學習是一種生活了。」

一旦走出教室，腦袋彷彿被植入不同的記憶，任何關於閱讀、研究、理解、批判、思考等求知方法與態度，瞬間被遺忘在某一個時空的角落，誤會高中、大學的知識能夠解決社會與人生的問題。

我常覺得，自己只不過是「授之書而習其句讀」的老師，所以教到「句讀之不知，惑之不解，或師焉，或不焉」，告訴學生這句是錯綜修辭的時候，我彷彿會看見韓愈從書本跳出來，指著我罵：

「小學而大遺，你這個白痴！」

我們到底遺漏了什麼？
應該是忘記生命的難題，要在生命裡面尋求答案吧！

## 不懂，可以問我

韓愈寫〈師說〉的動機，是因爲一個名叫李蟠的青年。

某一天，李蟠跑來找韓愈，問了幾個學術上的問題，韓愈內心滿滿喜悅與得意，認爲李蟠是一個能夠向古人看齊的唐朝好青年，不得不用文章誇獎他幾句。

坦白說，身爲一名厭世國文老師，學生有問題，上課立刻舉手發問，當然是比較輕鬆省事又經濟實惠，畢竟提出來的問題，也可能是其他同學的疑問，老師可以一次向大家說明清楚，就不用一個問題解釋那麼多次了。然而，大部分學生似乎都不大好意思上課舉手發問。

但韓愈不一樣，不像厭世的我，無論課堂上或課堂外，他都充分展現「不懂可以問我」的態度。這一方面是希望社會能夠繼承與習得古人從師問學之道，另一方面，則是期待大衆能夠來找自己解決疑惑；不過我想，這也表示平常可能沒什麼人想問韓愈問題，因爲一般人覺得請教韓愈是一件丟臉的事情。

〈師說〉不僅是宣傳「師道」，更是行銷韓愈自己；不僅是給李蟠的禮物，更是一篇廣告文案：

「你有不懂的事嗎？你有解決不了的問題嗎？快來找昌黎韓愈，易者當日，難者七天，必定有解。」

韓愈嘉勉李蟠能「行古道」，指的是「請學」這一個動作，呼應前文提到的「今之衆人，其下聖人也亦遠矣，而恥學於師」。再一次強調好孩子要學會問問題，好學生要學會問好問題，大家千萬不要覺得丟臉，趕快來找韓愈問問題。

身爲韓愈好友的柳宗元，則如此解釋這樣的態度與作爲：

「我家韓愈不畏負評，勇敢做自己。」（獨韓愈奮不顧流俗，犯笑侮，收召後學，作〈師說〉，因抗顏而爲師。）

這一段話十分貼切地描述韓愈的困境，他不顧社會風氣和眾人嘲笑，坦然接受諷刺與羞辱，自顧自地收了不少學生。

柳宗元接著說：

「社會大眾開始覺得我家韓愈腦袋有問題。」（世果群怪聚罵，指目牽引，而增與為言辭。愈以是得狂名，居長安，炊不暇熟，又挈挈而東，如是者數矣。）

果不其然，勇敢做自己的韓愈得到了「狂人」稱號。這樣自詡為名師的態度，若是放到現在來看，就像知識型網紅大說特說自己的專業與學識，然而稍不注意，就很容易招引各式各樣的批評與責難。

古代網民也是如此，先是對韓愈嗤之以鼻，然後就像現代酸民般開始起底學歷、工作、交友、婚姻，以及檢驗在各大社群媒體的發文，抓住某些不道德、不準確、不適當的言論進行攻擊。

即使沒有生活在網路時代，當時的韓愈的確也像現代網紅一樣，為各種鄉民的批評而疲於奔命。

有趣的是，柳宗元之所以會提到韓愈「抗顏為師」，是因為他打算拒絕一位年輕人韋中立的拜師請求。

柳宗元認爲自己不像韓愈這樣吃飽太閒，勇於面對輿論壓力；被貶到永州已經夠慘了，九年的異地生活，除了壓抑痛苦之外，還得到腳氣病，平時聽多了閒言閒語，實在不想再多添一件「好爲人師」的罪名。

換句話說，韓愈這種「不懂來問我」的行徑，連柳宗元都覺得勇敢到近乎愚蠢的境界。

然而，韓愈本人的個性向來是「佛阻殺佛」，之前諫迎佛骨一事，就不知道得罪了多少宗教團體與信眾，最後還連皇帝都得罪，牽累自己被貶至遙遠的潮州跟鱷魚聊天去。

爲了當老師，韓愈有輸過，可從沒怕過。

不懂，可以問我；不服，可以來辯。

## 不懂，可以問Google大神

請教別人，是學習，也是謙卑。

韓愈認爲知識的範疇廣闊無際，理解世界的全貌，不可能光憑一己之力完成，而是要從各種不同的視角與觀點，逐漸拼湊出生命的圖像。

韓愈在〈師說〉一文中提到：

聞道有先後，術業有專攻。

人的時間與精力有局限，經驗的堆疊累積未必要依靠親身經驗，更何況也無法完備所有的可能，藉由請教與詢問，就可以縮短學習時間，以及拓展專業的領域。

知識是一部地圖集，眾人合力繪製地形、水系、邊界、植被，以及錯綜複雜的街道巷弄，單靠自身力量，是無法眞正知道自己究竟在哪裡？而又該往何處去？正確迅速的路徑，需要旁人與地圖的指引：

道之所存，師之所存。

哪裡有道路，哪裡就有引路的人。

然而，韓愈自己不是問路的人，而是想要成爲引路的人。根據《新唐書》記載：

成就後進士，往往知名。經愈指授，皆稱「韓門弟子」，愈官顯，稍謝遣。

韓愈藉由提拔後進，來成就名聲，只要是經過自己指導的年輕晚輩，一律稱作是「韓門弟子」。本來只是讀書會的規模，卻轉型爲私人作文補習班，最後一躍成了唐元和年間文章的「國民教師」。隨著官位與知名度水漲船高，讀書會和補習班統統不用再開，韓老師只要偶爾說幾句話、寫幾篇文章，大家都會奉爲圭臬。

爲了成爲引路人，爲了成爲國民教師，韓愈不斷嘗試古文創作，想打開新的文學道路，但剛開始的時候，一般社會大眾並不買單，甚至覺得這類文章有些奇怪與詭異。之前差點跟著宰相武元衡一起被人幹掉的裴度曾說：

「別鬧了，昌黎先生！不要一直把寫作文當成玩遊戲。」

面對這樣的質疑聲浪，韓愈曾覺得莫名其妙，自己得意的文章卻得到差評，越得意的作品，評價還越差；自己丟臉的文章卻得到佳評，越丟臉的作品，評價卻越好。

但沒關係，韓愈有一個優點：愛當老師。

根據李漢〈昌黎集序〉的說法：

大振頹風，教人自爲。時人始而驚，中而笑且排，先生益堅，終而翕然以定。

大意是：韓愈教人寫作古文，先是造成時人一陣驚嚇，接著而來的是譏笑與排擠，覺得韓愈寫的文章是什麼鬼東西，跟我學生的作文程度差不多。但韓愈始終意志堅定，終於掀起一波古文流行浪潮。

據此，韓愈鼓勵從師問學，不僅塑造新的社會風氣，亦加速知識的傳播。如果你生活在中唐，可能會想問韓愈；但生活在二十一世紀，詢問的對象則換成Google大神。

一樣是問，但已經不太需要與人直接接觸，透過虛擬的空間，找到眞實的答案，甚至連查找的過程之中，提問甚至不用是一個句子，只要有零碎、片段的字詞，就可以完成任務；聰明的 Google 甚至會推薦你熱門關鍵字，給予更快更便利的搜尋服務。

韓愈〈師說〉常編排在高中國文第一冊第一課，這裡該學習的，或許不只是從師問學，更可以是從網路問學。

不懂可以問人，再不然也可以問問 Google 大神吧。

**一句話複習**　〈師說〉——「我好喜歡當老師。」

## 【厭世國文老師的勸世良言】

說話是一件不容易的事，
心裡想的和嘴巴講的，
常會出現眼睛看不見的巨大裂痕，
甚至別人耳朵聽的，
往往與真正的事實有所出入。

語言作為一種溝通的工具，
充滿著缺陷與失敗，
誤會發生，
歧見開始，
衝突爆發，
我們只好緊閉雙唇，
祈求彼此理解的天啓自動降臨。

# 陸

# 兒童樂園讀的古文廢話

## ——快樂好遠——

致想改變世界卻不小心被世界改變的你：

「幻想的國度，

往往比現實的人生更美好。」

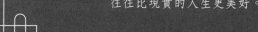

勸和論
鄭用錫
大家都是台灣人，不要打架，做好朋友吧！
只會嘴…
這樣最好有用啦…
台灣鄉民

# 〈勸和論〉——臺灣鄉民的和平樂土

【國文課本這樣教】

鄭用錫有感於臺灣各地械鬥之害，於是寫下〈勸和論〉一文，強調族群應該和諧團結，以及弭平彼此對立爭執的險惡狀況，期待臺灣終能成為樂土。

【課本不教的古文廢話】

「開臺黃甲」鄭用錫是臺灣第一位進士，同時也是臺灣第一個公道伯。他不到五十歲就辭去官職，正式進入退休生活，大部分時間拿來蓋自己的房子和花園，偶爾才出面擺平各種紛爭：

「大家別吵了，聽我說一句公道話。」

## 一言不合就幹架

鄭用錫心中的樂園，是期待臺灣成爲和平與公正的淨土。

然而，清治時期臺灣就像羅馬競技場，不同地區代表了隊伍的分類：泉州、漳州、閩南、廣東，以及最早定居在此的原住民。隨著隊伍成員人數增加，各自形成地區性的龐大勢力，先是爲了一點小事起爭執，逐漸擴大成集體械鬥，主因不脫爲搶糧、搶錢、搶女人，甚至天氣熱，單純想要找人釘孤支（注：臺語。「單挑」「一對一」之意），也是常有的事。

械鬥破壞封建社會秩序，來自各地的族群在不同時期與地區，展開堪比美國職業摔角聯盟的多人混戰：血腥、暴力、無差別鬥毆。如果當時有主播在旁轉播械鬥過程，大概會像這樣：

「這個偷襲漂亮，泉州人一上來就淘汰兩位漳州人！」

「淡水溪東大亂鬥，廣東人被虐慘了！」

「頂下郊拼！到底誰才是贏家？」

從小規模群架，上升到大規模械鬥，最後成爲瘋狂大火拼，儘管臺灣知府和清廷政府試圖控制損害範圍，仍然無法消弭各族群之間的不和睦，心有餘而力不足。

在運動場跑道上有所謂的公平，但在充滿原始本能的競技場裡，贏家是最後站著的人。械鬥於每個時期皆產生不同的破壞與傷害，開臺第一位進士兼竹塹鄉紳鄭用錫，便從身邊的大小械鬥，看出了經由爭執而獲得利益的方式，只會耗損臺灣的勞動力與生產力。〈勸和論〉一文就提及：

自分類興，元氣剝削殆盡，未有如去年之甚也！

「分類」是指各族群間的不合。而去年發生了極為慘烈的械鬥，簡單來說，就是同出閩南的下郊人看不爽頂郊人，早先一步占據了比較好的地理位置定居營生，而正當準備發動攻擊時，卻被頂郊人主導了一波成功的反殺。

在此械鬥中，被打敗的下郊人不得不逃往大稻埕，隨身還帶著城隍神像，重新開闢商埠。贏的留下，輸的離開，而廟跟著人的恩怨走。

後來大稻埕的繁榮，反而強過頂郊人的戰利品艋舺碼頭；也多虧他們記得帶走城隍神像，現在才有霞海城隍廟月老，造福無數單身男女，覓得佳偶。

這時，鄭用錫還不知道頂下郊拼眞正的勝利者是誰，卻仍想降低械鬥的傷亡人數。根據過去的經驗，頗負盛名的地方重量級人士，若能在場調停雙方，出面說幾句公道話，即使內容沒什麼道理，甚至也無法眞正解決問題癥結，但因爲身分較具權威、地位較爲崇高，大家還是會你賣一個面子，最後的確是可以讓彼此休養生息一段時間：

南北漳、泉、粵各莊互鬥，用錫躬詣慰解，並手書勸告，輒止，存活尤多。

各地可見鄭用錫的身影穿梭其中，試圖解開衆人因利益產生的心結。但是，爭執是一種資源不均後的必然，不是一種意氣血性的偶然。即使《淡水廳志》記載，在鄭用錫的調停之下，這次因械鬥而傷亡的人數不再增加，卻仍無法阻止相同人馬延續六、七年的漳泉械鬥。一言不合就幹架，是清治臺灣的日常；見人不合就勸和，是開臺進士的興趣。

## 不要吵架，做好朋友

〈勸和論〉是一篇好孩子守則：

「不要吵架，做好朋友。」

道理簡單易懂，完全適用於學習階段的兒童與少年。

鄭用錫是臺灣本籍第一位進士，按現在考試制度，大概會是一位學測75級分、PR值99的全國榜首，理應對政治局勢、社會變遷頗有一番見解，再不濟也該提出具體公共策略。

然而，在〈勸和論〉一文中，始終未明確指出解決方法，也未能清楚解釋族群械鬥的起因、過程，以及現況。

同樣是勸勉類型的文章，荀子〈勸學〉的論述和舉例可說是百花齊放，從學習的重要性，一直談到具體的實踐方法，無一不備。反觀鄭用錫〈勸和論〉，則是以林爽文的叛亂做爲論述核心：

臺爲五方雜處，自林逆倡亂以來，有分爲閩、粵焉，有分爲漳、泉焉。閩、粵以其異省也，漳、泉以其異府也。

鄭用錫認爲，臺灣會有族群的惡鬥，都是因爲林爽文；沒有林爽文，就不會劃分族群類別；沒有劃分族群類別，自然不會發生械鬥。總之，要怪的人太多了，不如就怪林爽文吧！

回顧過去是要得到歷史教訓，而不是教訓歷史。

鄭用錫被束縛在封建的監牢裡，無法掙脫道德教條的柵欄，依舊以傳統的思維看待臺灣正在發生的不公不義，卻又認爲自己站在正確的那一邊，希望受到壓迫或傷害的人民向自己傾倒，即使終究沒有人可以眞正得到救贖。

爲了解釋「和」的重要性，鄭用錫先說明劃分族群類別仍有必要性，像是人類和禽獸不同、好人和壞人不同，這就像是我在幼兒園常聽到的老師叮嚀：

「你是男生，她是女生；這是一枝紅筆，那是一枝藍筆。」

「陌生人是壞人，不要隨便跟陌生人回家。」

「坐在隔壁的同學，一定是你的好朋友喔！」

這樣單一的劃分原則，根本無助於當今社會的需要，更違背自己勸和的論述主軸。難道人與動物、好人與壞人不能夠和諧共處嗎？好比我養的貓，可比大多數人要來得可愛呢；甚至會欺負你的，都是身邊你以爲是朋友的人。讓我難免心生寧可被貓討厭，也不想讓人喜歡的念頭。鄭用錫鼓勵和諧，卻在無形之中製造對立。

〈勸和論〉再以「析字」的方式解釋「朋友」的重要性。

先別提是否「友從兩手、朋從兩肉」，光是朋友一詞的意義都沒說清楚了，按照他的說法，只要一起出門和回家就是朋友，這是國中女生的友情觀？只要不一起做某件生活瑣事，國中女生就會莫名生悶氣，認爲對方沒把自己當閨密？

接著，鄭用錫虛擬一個生活情境：

今試執塗人而語之曰：「爾其自戕爾手，爾其自噬爾肉。」

如果問路人要不要自己砍手手和自己吃手手，路人一定會非常生氣。也是啦！路人一定會生氣，但是生氣的理由應該是遇見神經病，而不是自己傷害自己會痛。退一萬步說，就算這個比喻精準好了，也跟幼兒園老師的叮嚀差不了多少：

「你打同學，同學會痛痛；同學打你，你也會痛痛。」

大家做個好孩子，乖乖聽鄭用錫的話喔！

## 沒有敵人的和平家園

敵人究竟是誰？在鄭用錫想像的和平家園裡，沒有敵人。鄭用錫不僅放大朋友的定義，同時也放大親人的定義：

同居一府，猶同室之兄弟，至親也。

只要居住在相同地區的人，就是親人；因爲我們愛自己的親人，所以也要愛住在相同地區的人。這裡的「同室」，是接近眞實狀況的譬喻，所有勢力相當的族群，彼此共存於相同的空間裡，應該要能共享水源、土地、財貨等資源，如此才能創造和平社會，進而以相同的態度，對待親疏遠近的不同族群。

沒有內鬥，自然不會外鬥。

可問題在於：有人就有江湖，有利益就有鬥爭。兄弟手足皆有相殘的可能，何況外人？資源不足、利益不均、公權力不彰，或許才是族群械鬥的可能。嘗試解決任何一點，才是眞正的有助於和諧，而不是高談闊論「大家自己人」或是「和諧好社會」。

所有的人類都渴望「利己」，如果他們不是出生在公平的富裕國度裡，那麼願意「利他」的可能性會小了許多。

鄭用錫應該不是笨蛋，但〈勸和論〉怎麼看都不太聰明。

也許在理想的和平家園裡，鄭用錫不得不扮演好人，而不是智者的角色。

清治臺灣是一個無法講道理的地區。來自四面八方的族群在相同空間裡活動，各有自己習慣的語言、風俗以及文化，他們的思想與行爲被生存的欲望所遮蔽，對於和諧與敦厚的社會風氣也已不復記憶。所以，鄭用錫告訴自己與他人：

「我們是善良的，也必須是善良的。」

〈勸和論〉訴求的對象是普羅大眾，目的是喚醒情感，而不是進行複雜的價值澄清，要表達自己想法給越多人知道，內容就越要簡單、精要、平實、粗淺。

一個人往往是聰明的，一群人卻是愚蠢的；說話給一群人聽，眞的不用太聰明。

鄭用錫〈勸和論〉的末段說：

予生長是邦，自念士爲四民之首，不能與在事諸公竭誠化導，力挽而更張之，滋愧實甚。

知識份子必須承擔相對應的社會責任，鄭用錫認爲，要與主事者一起努力，解決目前族群械鬥的惡劣情況。面對無能爲力的自己，鄭用錫的慚愧應該是眞誠的，其父鄭崇和慈悲仁愛，曾經抵禦海盜、處理械鬥、平衡物價，以及布施財物，身爲兒子的鄭用錫理應追尋父親的腳步，爲自己的家鄉盡一份心力。他決定站出來說一句公道話：

「學著做一個好人吧！」

邪惡來到這世界，是因爲彼此不夠相愛；爭執降臨你我身旁，是因爲彼此不夠親近。鄭用錫始終沒有把話說清楚、講明白，但他的行動與用心，卻已足夠喚醒陷入暴力和侵略之中族群的注意力。但是，當勸說仍舊無效的時候，已經不是有沒有道理的問題，而是欲望阻隔了一切。

當一個族群沉溺在底層瘋狂與高層無能的社會裡，實在是一件很悲哀的事。

**一句話複習** 〈勸和論〉——「大家不要打架啦！」

# 〈桃花源記〉

## ——陶淵明的理想國

**【國文課本這樣教】**

〈桃花源記〉敘述一名以捕魚為業的武陵人，在誤入桃花源後的所見所聞。陶淵明藉此描繪出和樂恬淡的農村生活，抒發對於理想社會的嚮往。

**【課本沒教的古文廢話】**

只會喝酒的人，是酒鬼；不只會喝酒，還會寫詩的人，是浪漫的酒鬼。陶淵明就屬於後者，在黑暗的時代裡，硬是活出自己的光亮。即使窮到快要被鬼抓走，身為浪漫的酒鬼，他也沒在怕的：

「哥喝的不是酒，是人生。」

## 來去鄉下住一晚

陶淵明的〈桃花源記〉虛構了一個現實環境根本不存在的樂園，然後據此爲自己的人生尋找位置。

虛構樂園有其必要性，正因爲人生不如我們預期完美，所有欲望與不滿足，必須透過想像與幻想來圓滿，試圖重整失序的人生，或是找到迷宮的出口。

一名武陵人過度投入自己的工作，像是沉浸在手機遊戲而沒聽見上課鐘聲的學生般，沿著小溪捕魚，沒注意到自己走到了陌生的地方。

大概是河道曲折分歧的緣故，武陵人漸漸脫離熟悉的環境：

忽逢桃花林，夾岸數百步，中無雜樹，芳草鮮美，落英繽紛。

一直埋首工作的武陵人，大概覺得頭上有些不自然的陰影，才緩緩看向周圍，兩旁竟然出現茂盛綿長的桃花林。

眼前除了桃花之外，還是桃花，整個空間充滿深淺不一的粉紅色，換成現在，絕對是網美必拍打卡觀光景點。

忽然進入這樣一個夢幻甜美小天地，武陵人沉睡的少女心噴發，想要划船到桃花林的盡頭，看看會不會發現有隻粉紅凱蒂貓或其他可愛小萌物藏身其中。

桃花林是陶淵明虛構樂園的大門。

換句話說，陶淵明安排一幕浮誇、浪漫，以及華麗的場景，目的不是提供給失控的網美拍照，好讓她們能夠瘋狂洗版你我的ＩＧ牆，而是以美到不眞實的畫面，歡迎武陵人與讀者光臨自己的樂園。進入樂園的方式是：

山有小口，彷彿若有光。便捨船，從口入。初極狹，纔通人。

武陵人沒有發現任何的粉紅可愛小物，卻看見一個山洞隱約透著光亮，於是決定停靠小船，從山洞緩緩進入。

國文課本告訴我們，這裡的小船代表功利之心，而進入樂園的條件是必須捨棄它，我卻認爲陶淵明是想說：

「別弄髒了我的樂園。」

不是有功利之心才進不去，而是功利之心不應該在裡面，這會毀了陶淵明好不容易建構的完美天地。

有別於粉紅夢幻的景觀，武陵人見到裡面的樂園，卻是一幅鄉土風情畫：

> 有良田、美池、桑竹之屬，阡陌交通，雞犬相聞。

還有一群鄉間農夫在田裡辛勤耕作，老人小孩在樹下聊天嬉鬧，跟我回南部老家看到的場景沒什麼不同。這根本是陶淵明的惡趣味，當我們還沉醉在剛剛夢幻的粉紅場景裡，瞬間變成現實感強烈的「來去鄉下住一晚」。

去迪士尼樂園想看米老鼠，結果舞臺上有一隻眞正的灰色老鼠；想跟美麗的公主們合照，最後走出來的是隔壁鄰居陳阿姨。

住在偏僻的鄉間農舍是一種不同於都市生活的體驗，大多數現代人無法忍受居住在沒有便利商店、公車捷運，以及百貨公司的地方，但陶淵明卻嚮往著這樣的生活。

只因在黑暗動亂的時代，平凡即是樂園。

陶淵明心目中的「樂園」，並不像個充滿愛與理想的場所，反而比較近似某個眞實存在的偏僻角落，而〈桃花源記〉裡的武陵人，反倒是破壞了普通人的日常默契，他不僅早已失去純粹的靈魂，也不知道自己的樂園在哪裡。

## 硬要拿鋤頭的笨蛋

陶淵明任職彭澤令時，曾經擁有公家發配的一塊田地。根據《宋書·隱逸傳》記載：

公田悉令吏種秫稻。妻子固請種粳，乃使二頃五十畝種秫，五十畝種粳。

秫是高粱，粳是稻米，陶淵明本意是要將全部的田地拿來種可以釀酒的高粱，是在老婆的勸阻下，才勉為其難改成只用六分之五的田地種高粱就好。這等於是一個月薪三萬的男人，只願意拿出五千塊養家，剩下的全部買酒喝，更何況陶淵明原本連那五千塊都不肯拿出來做為家用。

無論如何，這是陶淵明的做法，一個酒鬼的做法。

想當然耳，一個人養活自己與家庭需要基本的開銷，但陶淵明似乎把工作視為極大的負擔，三不五時就向單位裡的長官遞辭呈。

如果是這樣的工作態度，再加上愛喝酒的習慣，那麼陶淵明完全是一名拒絕上班的酗酒無業男子，值得通報社會局介入關心與調查。

通常學生聽到陶淵明的日常生活後，會先痛罵他是不負責任的丈夫和父親，接著才能慢慢理解：活得像自己，是一件多麼不容易的事。

他只不過是想逃離醜陋的政治與狡詐的社會，嚮往安穩平凡的田園生活，過著規律的農家日常。只要能夠安心種田，即使種得很爛，依舊快樂，這樣的日子就是桃花源。

不然，陶淵明整天喝酒，連個公職人員都不能做好做滿，更沒有工作倫理，跟上司鞠躬也不願意：

「我不能爲了五斗米，向鄉里小人折腰。」

他不敢當面說出這句明顯傷害對方感情的心裡話，最後的辭職理由，居然是：

「我的妹妹死掉了。」

「醒醒啊，你沒有妹妹！」我很想這樣對陶淵明說，因爲被當成逃避工作藉口的虛擬妹妹也未免太可憐了；但事實上，他還眞有一個嫁到程家的妹妹，在武昌去世了，所以急於辭去工作，回去奔喪，在職不過八十多天。

〈歸去來辭〉描寫了這一段返家旅程：

乃瞻衡宇，載欣載奔。

陶淵明看見自己舊家的屋簷，心花朵朵開，加速腳步、向前奔去，怎麼看都不像是一個剛死了妹妹的哥哥。

大多數人對於快樂的描述，都有一個共同點：解脫。同樣地，死亡也是一種解脫，可以讓人感受到言語無法形容的快樂。死亡是離開身體的限制，快樂是擺脫痛苦的枷鎖，等待自己的，是無與倫比的安穩與祥和。

陶淵明的理想是種田養雞的農業社會，這也是他選擇的生活方式，但問題就出在他的身體實在很差：

「想靠種田養活自己，雖然沒餓死，卻差點病死。」（躬耕自資，遂抱羸疾。）

此外，他的農作技術也很差：

「田裡的豆苗長得二二六六，卻長出一堆雜草！」（種豆南山下，草盛豆苗稀。）

種田技術超爛還硬要種！硬要實踐沒有能力完成的夢想、硬要捨棄可以輕鬆得到的職位與薪資，不讓自己被束縛在討人厭的地方，並且近乎痴愚地抗拒生活的壓力，更不讓自己被社會局限在一種價值之中，以及頑固地守護心靈的純淨。

眞是一個成功的失敗者，一個硬要拿鋤頭的笨蛋。

## 打造自己的桃花源

〈桃花源記〉裡，武陵人被純樸的桃花源居民邀請至家中聚餐，一方面是因爲當地人天性熱情待客，另一方面，則是衆村民與世隔絕已久，想知道外面的世界發生了什麼改變，但結果是：沒有改變，還是一樣糟糕。

桃花源居民是爲了逃避秦時的動亂，帶著一家老小往此絕境躲藏，再也不敢離開半步。但聽到武陵人口中的外面世界，他們皆不禁感嘆惋惜：

「原來還是一樣糟啊……」

「幸好我們已經搬家了。」

「怕爆。」

桃花源居民的生活方式與一般鄉民大致相同，相反地，陶淵明身處的政治社會卻急速墜落。「亂」代表了某種時代的困境，從秦到魏晉出現了永無止境的失序狀態，混亂的政局重新定義人類生命的價值，其價值輕賤到令人咋舌，每一天都會從官署裡傳來血腥與殺戮。

武陵人離開前，桃花源居民叮嚀：

「噓！不要跟別人說喔！」（不足爲外人道也。）

外面的世界太可怕，他們只能躲在這裡自求多福，而無法接納更多悲傷與痛苦。不知道武陵人有沒有應諾，但他一邊離開、還一邊留下記號，代表他沒有從桃花源居民那裡問到再次入村的方式，大概也是以謊言做爲回應吧！

〈桃花源記〉末段，提到太守和劉子驥尋找桃花源皆未成功，這代表「有意」是不能夠找到桃花源的所在，必須「無心」方能進入。高中國文考試通常會這樣出題來考同學，我也會這樣教，因爲考試這樣考。

但我總覺得哪裡怪怪的。如果桃花源是無法有意追求的樂園，那陶淵明就只是單純寫了篇抱怨文，跟魯宅窩在家裡ＰＯ廢文說沒有女朋友有八成像；難道樂園和女朋友會隨機出現，或是從天上掉下來嗎？

學習亦是如此，學生最愛問我：

「老師，學測國文要怎麼才能考到十五級分？」

這裡的潛臺詞應該是：

「老師，怎麼讀國文ＣＰ值最高？」

妄想用最小的努力，換取最大的收穫。

根據過往經驗，想在讀書與學習得到高分的方式，不就是拿起筆、書、講義，然後好好坐在書桌前練習、練習，以及不斷練習。

陶淵明以自己極爛的耕作技術，努力打造心中那一座虛構的樂園，怎麼會認爲，理想的社會必須依恃「無心」才能進入？

在他看來，「有意」才是比較切合實際的做法。

我總覺得，太守跟劉子驥是在諷刺兩種人，爲官者「遣人隨其往」，只想馬上得到現成利益；高尚士則是「欣然規往」，只顧空談，而沒有想到具體實踐的方法。這兩種人根本不是「有意」追尋，更別提「無心」發現，他們只是想著用最輕鬆的方式，獲得最大的好處。

無心才能進入桃花源，無知才能創造理想國；只要是人，就有私欲，任何是以人建立的社會國家，皆會有個人的成見與偏好摻雜其中，唯有放下機巧心計，不知道自己知道什麼，也不知道自己擁有什麼，才會創造自由與公平的社會制度。

但是，無心太難，有意易成。

對陶淵明來說，有意選擇拿起鋤頭，走進田裡，就是桃花源。

**一句話複習**　〈桃花源記〉——「來去鄉下住幾晚。」

# 〈大同與小康〉——孔老夫子的夢

**【國文課本這樣教】**

〈大同與小康〉一文乃是選自《禮記．禮運》，藉由孔子與弟子言偃的問答，說明大同社會與小康之治的內涵與差異，並且描繪理想世界的祥和願景。

**【課本不教的古文廢話】**

相較於《論語》，〈大同與小康〉裡的孔子話多了不少，也解說得詳細，大概是在這一堂課裡的孔子學生，共同筆記做得比較認真，雖然一直提問的用功學生只有言偃而已：

「老師，我有問題！」（妙麗式舉手）

# 巨大的嘆息

從前，一切都很簡單，那時候的人們有「禮」可供依循，裡面存在一個崇高的社會制度，必須由「禮」方能到達這樣的境界，但這仍然不夠完美，在此之前還存有一個孔子從古籍裡找到，遙不可及卻心嚮往之的樂園：「大同」。

〈大同與小康〉中，身為助祭者的孔子參加完歲末大祭，走到魯國懸掛法令的城門高樓，忽然發出一聲衰老而滄桑的嘆息。

孔子身後通常都會跟著一票學生，負責將老師言行舉止抄在筆記本上，他們默默猜測：「看魯國這副鳥樣，老師的內心大概很崩潰吧！」

其中一個比較有名氣的學生言偃，直接開口詢問：「老師為何嘆氣？」

這根本是明知故問，其他同學光是用小拇指想就清楚知道，老師是在哀嘆魯國的政治情勢，曾被老師稱讚「割雞焉用牛刀」的資優生會不曉得？然而，聰明的學生就是多了這一層心思，知道該如何在正確的時間問老師問題，讓老師充分展現自己的人生閱歷和生命智慧。

果不其然，孔子開始敘述自己心中的理想社會「大同」：

大道之行也，天下爲公。

在大道實行的時候，這一個世界是屬於每一個人的。禮存在於彼此心中，不需強調說明，更不需特別規定，大家會自然地施行符合社會大衆利益的作爲。

此外，孔子亦提到不理想但尚可接受的社會「小康」：

今大道既隱，天下爲家。

而在大道隱蔽的時候，這一個世界是屬於私人的。禮限制了彼此的行動，避免互相傾軋的狀況，大家被動地遵從制度與規則，以讓社會能夠維持穩定的狀態。

世界是一個巨大的遊戲盒，裡面放著形形色色的人與物；箱子內部經過夏商周三代高級知識份子的精心設計，貼滿各種大大小小的便利貼，上面有官方主辦單位訊息，公開、透明、持續地展示遊戲規則，更以舉辦官方活動的方式，讓參與群衆能夠了解遊戲的進行過程。

這一個巨大的遊戲盒原本好好的，人們可以自由參與官方活動，直到某一天，有著訊息的便利貼越來越少，最後全部消失在大家眼前；官方活動的通知越來越少，甚至關閉官方網站，隱蔽原本公開透明的遊戲規則。

孔子認為這將造成可怕的結果：

「自私鬼變成心機鬼，再製造戰亂讓大家變成真的鬼。」（故謀用是作，而兵由此起。）

機謀由此發生，戰爭也由此開始，全肇因於人與人之間的自私與不了解。

不過，孔子還是做了一點小補充：

「只要有優秀的領導者出現，小康也沒什麼不好啦！」

這番話乍聽很有道理，但實際上頗有問題。

就算大同世界已不復存在，禮儀也無法恢復完整樣態，孔子還是認為：唯有優秀的領導者可以彌補這樣的困境，重新指引群衆走在正確的道路；但問題就在於，大多數的人無法判斷身處的位置與行進的方向，更別提判斷領導者是否優秀，到最後也只能盲目跟隨而已。

回到〈大同與小康〉中孔子的嘆息與言偃的疑問，兩者似乎沒有辦法扯上關係。

很明顯的，孔子是在答非所問：人家問你爲什麼沒吃飯？你卻回答我：理想的餐廳是麥當勞，不理想但可以接受的餐廳是肯德基。可能這種虛問虛答的方式，是孔子師生的默契吧！

如果是用《玫瑰〇〇眼》《〇色蜘蛛網》戲劇節目主播的著名臺詞，大概會這樣描述：

「言偃眉頭一皺，發覺大同與小康的說法並不單純。」

「這樣一個簡單的問題，卻讓兩人墜入不可預期的對話。」

「這一聲嘆息的背後，究竟是大道的糾葛？還是禮儀的糾纏？或還有不爲人知的內幕？讓我們繼續看下去。」

是的，課本〈大同與小康〉後面還有很長一大段的文字，讓我們繼續看下去。

## 禮是什麼？能吃嗎？

聽完老師答非所問之後，聰明的學生言偃窮追不捨，仍是想知道孔子究竟爲何嘆息，於是決定從另外一個角度切入，希望能夠找到答案：

「這樣說來，禮是急切且重要的嗎？」

這又是一個做球給孔子殺的問題。如果高中學生在寫測驗卷的時候，出現「禮是否急切且重要」的問題，根本不用多想其他可能，迅速選擇「是」這個答案，一定可以獲得分數。

但孔子不是太在意，肯定地說：

**失之者死，得之者生。**

這裡將是非題回答成申論題。孔子認爲，禮是依照天理而約束人情的產物，目的是保護人與人之間的關係，一旦失去禮，等於失去生命的意義，得到禮，才是好好活著。

換句話說，如果我的學生問：

「爲什麼要說請、謝謝、對不起，沒有禮貌會死嗎？」

按照孔子的說法，我必須堅定地看向學生的眼睛回答：

「會死。」

甚至孔子引用了《詩經．相鼠》的語句：

相鼠有體，人而無禮。人而無禮，胡不遄死。

先別提老鼠的身體和人的禮儀是如何扯上關係的，《詩經》的聯想總比我們連得遠、想得深，重點在於孔子是要強調如果人沒有禮儀，那不如趕快去死，別逗留在這世上，繼續造成社會困擾。

接著，孔子說明禮是急切且重要的規範。人際互動藉由禮來做爲一個緩衝、協調，以及溝通，舉凡婚禮、喪禮、祭祀、成年禮，以及射箭競賽等，需要合宜的言語與行爲，以讓活動順利完成。如同我們平常觀察到的，禮盡一切可能的約束與限制我們，但也提供明確的訊息與指示。在日常的生活中，這個字提供一個重要的答案：

「知道做錯，比不會做錯來得重要許多。」

孔子進一步向言偃解釋，領導者需要向群眾明示禮的存在，讓禮完全地為人所認識，甫能在國家社會中建立正確的制度，最後以正確的方式治理群體。

一直到現在，孔子依舊沒有解釋自己為何嘆息，言偃一定覺得莫名其妙，到底自己的揣測是否正確？

孔子老是在繞圈子，而言偃也跟著老師轉來轉去，從一開始大同與小康的社會狀況，再到現在強調禮的急迫與必要性。

這仍無法說明孔子在歲末大祭究竟看見了什麼？思考了什麼？以及到底想要說什麼？我是這樣想的：一個人究竟該如何讓不懂祭祀的人了解，正確的祭祀到底是什麼？同樣的，對於禮一無所知的人，也不會懂得禮的眞諦。

禮的核心是一種和諧、穩定，以及群體的力量，讓人辨認尊卑、區別貴賤、理解善惡；也就是說，是「有秩序的」，讓人們不會違背或是加以抗拒，而且只能配合這種抽象的理論，做為現實生活的具體實踐，並加以拓展到人與人互動頻繁的群體社會之中。

言偃的疑問，是隨風而飛舞的微弱浪花；孔子的回答，則是激烈撞擊岸邊的巨大聲響。禮很重要。知道這一點就好。

# 追尋遺失的美好

孔子和言偃的問答，如果換做是我和學生，用這種迂迴引導對話，學生肯定會送我一顆白眼；然而，言偃是聰明聽話的資優生，非但沒有送老師白眼，還懇切地繼續問：

「老師這麼重視禮，可以給我更多補充資料嗎？」（夫子之極言禮也，可得而聞與？）

你看看人家言偃，通常老師聽到學生如此好學，總會不吝自己的時間和精神，為學生多付出一些努力，讓學生多得到一些知識的。

於是，孔子繼續祭祀後的課業輔導，告訴言偃，自己曾經做過田野調察，到杞國研究夏禮，往宋國研究殷禮，是有可信的資料做為禮存在的證據。

孔子於是開始叭啦叭啦講起這些歷史紀錄：

「禮儀，是從飲食開始，再有祭祀，最後成為社會的規範。但是魯國也要遺忘禮了，人不照天理，天就不按甲子，地球就要毀滅啦！」

孔子的嘆息大概來自於此。就好像我們看新聞有些青少年或小屁孩的想法行爲，難免覺得怎麼會有如此愚蠢的人類存在；然而，換做是父母或長輩，來觀察我們的想法行爲，他們是否也會覺得，我們的表現不是那麼適切呢？

將要遺忘的一切，值得懷念，卻未必會對每一個人產生意義。

《禮記‧禮運》接著記錄了孔子又一聲的嘆息：

於呼哀哉！

有點像我們現代人悲憤時大喊一聲：「天公伯啊！」孔子觀察周代社會的禮制，悲傷地發現已經遭受到後世國君的破壞；現在的魯國，是唯一有機會繼承過去優良傳統的地方，如果不能維護僅有的周代禮制，那麼何處才可以繼續實踐這樣的儀式與制度呢？

參加完歲末大祭的孔子，原來是看到做爲諸侯國的魯國，竟然僭越使用天子的祭祀儀式。只有天子才能夠祭天祭地，魯國不過是一介諸侯，只可以祭祀土地之神與穀物之神。就好比假如孔子生活在臺灣這一塊土地上，某直轄市正籌備歲末祭典，做爲一位祭祀的協助者，理應見到衆人跪拜土地公和神農大帝，卻看到市長居然在祭祀玉皇大帝。

但是，孔子失望了，魯國讓他失望了。
然而，孔子不放棄，繼續向言偃說著自己近乎幻想的期待：

故欲惡者，心之大端也。人藏其心，不可測度也；美惡皆在其心，不見其色也，欲一以窮之，舍禮何以哉？

只有禮，才能讓美善醜惡無法隱藏，這對你、對我、對社會、對魯國，還有這個世界，都很重要。唯有眞誠，才能夠互相理解對方的想法，可惜我們離眞誠太遙遠，也越來越不理解彼此。最後，爭執和衝突，不滿和憤怒，逐漸充斥在社會的每一個角落。
孔子最後那一聲嘆息，可能不僅是哀悼魯國祭祀和禮儀的消失，而是人性的改變。
坐下來，聽聽孔子怎麼說：言偃如此，我們也可以。
大同世界是老人家的幻想，美好卻不切實際，但也因爲這樣的不切實際，才值得某些人願意繼續追尋。

**一句話複習**

〈大同與小康〉——「沒雞排吃，雞塊也不錯。」

# 〈漁父〉——潔癖者的天堂

**【國文課本這樣教】**

〈漁父〉一文是以屈原與漁父之間的問答，表明不願同流合汙、與世浮沉的決心，並且以漁父的圓融與屈原的執著，辨證清與濁之間的處世哲學。

**【課本不教的古文廢話】**

屈原的上升星座應該是處女，才會有著「潔癖」性格，不僅是帽子、衣服沾染到灰塵都讓他受不了，更認為整個世界充滿廢物和笨蛋，連帶沾染到討厭的人和事，也會令他頭皮發麻：

「我一個人排擠全世界。」

## 聰明是一種不幸

大部分的人將死亡視作畏途，因爲這代表無法再碰觸摯愛的一切；但也有少數人爲了澈底離開汙濁的人世，以爲死亡是唯一能去的樂園。

春秋時期的楚國，有一個與王同姓的男人，曾經擔任王的左徒。他時常閱讀大量書籍，所以懂得很多別人不知道的事情，亦熟悉國家行政的管理與規畫，對於代表自己國家接待外賓或是交涉談判，皆有非常優異的表現。

楚國的王相信著這一個與自己同爲芈姓的男人：屈原。

此時，另一位男人爲了爭奪王的寵愛，決定在屈原起草憲令的時候，誣陷其傲慢自大，不把王放在眼裡，還將屈原沒說過的話，硬是塞進他的嘴裡，那句話是：

「除了我，誰能做到！」

這完全不實的話，最後還是傳到了王的耳裡。誇耀自己的功勞，是在位者最討厭下屬出現的行爲，尤其是當謊言比實話更具傳染力的時候，王決定從此疏遠屈原。

平時自我要求甚高的屈原，不僅忍不住心中怨氣與怒氣，更難過心愛的王被讒言與謊言給迷惑。他就像是一隻被主人拋棄的流浪貓，再也找不到回家的路，於是寫下〈離騷〉，以宣洩自己的憂愁與憤恨。

《史記》這樣形容屈原的心情：

信而見疑，忠而被謗，能無怨乎？

司馬遷想起了一個好人的困境，無論擁有多麼誠信與忠誠的內在靈魂，卻也無法獨自面對莫須有的懷疑與毀謗，甚至經不起他人目光的揣測。

怨恨是心裡的一根針，屈原的文字是為了消化椎心的刺痛。

在政治裡，友好與敵對的抉擇道路依舊存在，楚國與齊國向來親近，但卻因為一位能言善道的張儀，以及豐厚的財貨利益，破壞了原本和諧的兩國關係，而這一切，皆是秦國挑撥離間的計謀。

朋友與利益兩頭空的楚王大怒，決定派兵攻打秦國做為報復手段，興師問罪的結局是：兩次！

楚國輸了兩次！非但政治上沒有反省，戰爭上也沒有遠見，王不僅只有錯誤的政策，還有愚蠢的戰略，保持著眞誠認錯，繼續犯錯的領導者態度。

這時候，王想起了屈原，決定派他出使齊國，目的是讓兩國恢復過往的友好。

正當屈原在國外維護邦交的時候，楚國的王又做了一次錯誤的決定，放走了自投羅網的張儀。原本欲殺之而後快的對象，卻安然無恙離開，這讓後來回國的屈原，忍不住心裡那股悶氣，對楚王說：

「何不殺張儀？」

放走該死的秦國重要人物，肯定又會讓齊國再次懷疑楚國的誠意，其關鍵在於領導者對「國家的」權益所做的決定。

當私人利益大於國家權益的時候，總是會不自覺做出愚蠢的選擇。屈原將國家擺在個人之前，認爲殺死張儀是利大於弊，從結果論來看，是當下最合適的判斷。

楚國，只剩屈原有腦了！

可惜的是，愚蠢是會傳染的，這時候的聰明反倒成了一種不幸。

並不是所有楚國人都會犯下不可饒恕的錯誤，但每一個楚國的王卻總是做不出正確的決定。後來屈原屢遭流放，最後走到了長沙附近的汨羅江。

他決定以死亡慶祝自己的聰明。

## 一封乾淨的遺書

屈原被放逐後，一個人自言自語走在汨羅江邊，一臉要死不活的樣子，好像別人欠了他幾百萬，這跟學生上我的國文課大概有八成像。

忽然，江邊出現一名漁父，問了他兩個問題：

「你不是三閭大夫嗎？」「你怎麼會在這裡？」

其實，從第二個問題可以知道第一個問題是多此一舉，漁父明明知道眼前這位臉色難看到不行的男子就是屈原，既然能夠認得他，那麼對於他的遭遇大概也是略知一二。

所以，第一個問題只是搭訕起手式，第二個問題更不是真正的問題。

這跟我高中去補習班想認識坐在隔壁的女中學生一樣，硬是要問：

「妳不是學生嗎？」「妳怎麼在這裡？」

明明她身上穿著學校制服，揹著學校書包，而且在補習班，當然是來補習的啊！然而，這裡詢問的目的，不是想要知道問題的答案，而是想認識這個人。

我想說的是：

「妳好可愛，可不可以多認識妳一點？」

漁父則是：

「你好悽慘，可不可以多了解你一點？」

屈原忍不住向一位外人揭露自己的心路歷程，認爲被流放到這裡的原因是：

「舉世皆濁我獨清，眾人皆醉我獨醒。」

身為一個與王同姓的男人，屈原以他忠誠的楚國政府官員的身分為榮，直到再一次觸動其他人的政治警鈴。若是楚國與秦國屢戰屢和，這將會完全失去他國的尊重，以及自己國家的尊嚴，畢竟秦國已經在楚國的土地上製造太多傷害與死亡了。

原本屈原可以輕易逃避政治上或外交上的責任，只要他不斷迎合所有逃避現實的人，然而，他卻真誠地揭露隱藏在國家深處的醜陋面貌，以致讓大家誤以為他是個故意找大家麻煩的討厭鬼。

當有人問他，到底為什麼被流放的時候，屈原以冷靜到近乎冷漠的態度回答：

「我太乾淨，讓骯髒的人覺得不舒服了。」

清楚地讓漁父知道自己的掙扎、孤獨，以及絕望。

屈原從還年輕的時候就知道，想要不被潑到髒水，是一件不可能的事情，尤其是自己還不停靠近手裡正拿著髒水的那一群人。

他在〈離騷〉提及：

屈心而抑志兮，忍尤而攘詬。伏清白以死直兮，固前聖之所厚。

即使嘗試壓抑內心種種的不滿與委屈，卻仍然完全無法消除責備與侮辱的傷害。

自己堅守清白正直的態度，終究會在未來以某種不可知的方式殺死自己，但對於重度的政治與精神潔癖者來說，這是多麼令人高興的訊息：

「不是世界排擠我，而是我一個人排擠全世界。」

他不想用一輩子的時間，諂媚那些無知又無能的同僚，好獲得王的讚賞；埋沒在心裡深處的那一座天堂即將敞開大門，迎接自己進入純然潔淨的世界，只等待楚國沉淪的那一天。

屈原的〈漁父〉是一封乾淨的遺書，純白無瑕的靈魂所寫下的文字，是如此孤寂，以及美麗，最後永遠地潛入「士不遇」的隱喻裡。

## 只要你高興就好

我始終覺得，〈漁父〉應該是屈原自己內心兩種情感的對話，屈原自己是純淨無垢的天使，而漁父則是與世浮沉的凡人。

當屈原陳述自己不願意隨波逐流、同流合汙的時候，一個以捕魚爲業的男人卻提到了聖人的態度：

「不凝滯於物，而能與世推移。」

這裡提到的聖人，帶有些許道家「逍遙無待」的意涵。那不僅是要捨棄一切有形的事物，更是要斷離內在的執念與欲望，同時給予屈原兩個不應該選擇死亡的理由：捨棄楚國、斷離潔癖。

漁父進一步回應屈原濁與醉、清與醒的比喻，認爲如果有一個必須沉醉與混濁的過程，當機立斷地參與其中，反而會是最好的結果。

漁父近乎直白的說：

「你爲什麼要如此假掰呢？」

然而，屈原擔心改變自己，就不再是自己了。如同潔淨的身體在接觸衣物的時候，也會先將附著的灰塵拍落，面對世界也是如此，要將汙濁沉醉掃除，才能安心呼吸。

兩人的對話到此結束。在汙濁迷醉的世界裡，找不到活下去的勇氣，屈原內心那一名漁父，大概看出來了，試著提供解決方法，染些塵埃，以骯髒的身體接觸群眾；飲點酒粕，用迷茫的眼睛觀察社會，忍耐一些不適和不快，才有機會發現世界的不同面貌。

但屈原做不到就是做不到。

依舊堅持改變世界，即使世界不停想改變自己，屈原只好選擇死亡，死亡才能保有完整的靈魂。

我一直覺得〈漁父〉是屈原親撰，因爲從兩人的對答，可以看見他不停陷入自我質疑的迴圈：不能逃避，又渴望逃避；不想妥協，又必須妥協，最後等待在盡頭的，只有黑暗。

文中屢次出現的漁父，只不過是屈原內在聲音的化身罷了！

這是屈原虛構來安慰自己的人物，所以他永遠無法知道「與世推移」是要屈原包容，而不是改變，即使漁父的話其實就是自己的聲音，他依舊聽不清。

無法改變世界，只好改變自己。

後面漁父鼓枻而歌一段，司馬遷《史記·屈原賈生列傳》並未收錄，或許就是因爲知道屈原如能寫出：

滄浪之水清兮，可以濯吾纓；滄浪之水濁兮，可以濯吾足。

這樣的他一定也能理解，人生沒有兩難的抉擇，只有兩難的自己。然而，屈原彷彿坐上遊樂園中不停旋轉的木馬，無法逃離不斷的痛苦輪迴之中。他曾經想奔往天堂，遠離一切塵囂骯髒，找到自己可以安靜呼吸的地方，卻始終僵持在不為人知的陰暗角落；他騎乘的依舊只是一匹玩具木馬，隨著固定的節奏上升又下降，卻飛不進真正的天堂。

或許，漁父的微笑，是屈原心靈的解脫，即使他無法真正得到救贖，卻還是想以「滄浪之水」來告訴自己：

「只要你高興就好。」

**一句話複習**〈漁父〉——「自殺不能解決問題，請再給自己一次機會。」

## 【厭世國文老師的勸世良言】

真正的樂園不是擁有舒適的一切，
而是在肉體的折磨與心靈的試煉中，
願意堅持自己的目標，
願意克服生活的虐待。

必須知道痛苦的位置，
直視隱藏的恐懼，
永遠不會哭泣的生命，
不是真正的快樂。

快樂，是在地獄裡行走，
猶如在天堂。

Eurasian Publishing Group
圓神出版事業機構
用心與你對話．視野無限寬廣
究竟出版社
Athena Press

www.booklife.com.tw　　reader@mail.eurasian.com.tw

歷史 071

# 厭世廢文觀止：英雄豪傑競靠腰，國文課本沒有教

作　　者／厭世國文老師
插　　畫／J. HO（胖古人）
發 行 人／簡志忠
出 版 者／究竟出版社股份有限公司
地　　址／台北市南京東路四段50號6樓之1
電　　話／（02）2579-6600・2579-8800・2570-3939
傳　　真／（02）2579-0338・2577-3220・2570-3636
總 編 輯／陳秋月
副總編輯／賴良珠
專案企畫／沈蕙婷
責任編輯／陳孟君
校　　對／厭世國文老師・林雅萩・陳孟君
美術編輯／潘大智
行銷企畫／詹怡慧・陳禹伶
印務統籌／劉鳳剛・高榮祥
監　　印／高榮祥
排　　版／莊寶鈴
經 銷 商／叩應股份有限公司
郵撥帳號／18707239
法律顧問／圓神出版事業機構法律顧問　蕭雄淋律師
印　　刷／祥峰印刷廠
2019年7月　初版
2024年6月　36刷

定價 320 元　　ISBN 978-986-137-277-8

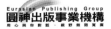

致打卡後出賣肉體與靈魂的上班族：
「從地獄搭電梯到公司，
需要按住電梯向下的按鈕。」

——厭世國文老師，《厭世廢文觀止》



國家圖書館出版品預行編目資料

厭世廢文觀止：英雄豪傑競靠腰，國文課本沒有教／厭世國文老師著.
-- 初版. -- 臺北市：究竟, 2019.7
304 面；14.8×20.8公分 --（歷史；71）

ISBN 978-986-137-277-8 （平裝）
1. 人生哲學 2.中國文學

836 108008091